FOLIO POLICIER

Alessandro Perissinotto

# La chanson de Colombano

*Traduit de l'italien*
*par Patrick Vighetti*

Gallimard

Alessandro Perissinotto est né à Turin en 1964 de parents ouvriers chez Fiat. Lui-même devait suivre le même chemin mais il a appris le français à vingt ans pour devenir ensuite universitaire et être aujourd'hui sémiologue, spécialiste du folklore et des traditions alpines. Il est également chroniqueur à *La Stampa* de Turin et membre, aux côtés d'Alessandro Baricco, de l'équipe nationale de football des écrivains italiens. *La chanson de Colombano*, son deuxième roman, est le premier à avoir été traduit en France.

# La chanson

*Il y a dix ans, alors que j'effectuais des recherches sur le folklore alpin pour ma thèse de doctorat, je tombai sur une chanson bizarre que je n'avais jamais entendue, et dont il n'existait aucune trace dans les textes que je connaissais. C'est une vieille femme, alors plus qu'octogénaire, que tout le monde appelait simplement Ghitin, qui me la chanta, dans un chalet perdu sur les pentes du mont Bellavarda. La langue de la chanson était extrêmement corrompue, avec de nombreuses contaminations entre le franco-provençal, le piémontais et l'italien. Par ailleurs, plusieurs parties manquaient, voire des strophes entières, que la femme remplaçait par un chantonnement joyeux bouche fermée, bien que l'histoire relatée fût en réalité très triste et sanglante. Certains vers paraissaient clairement empruntés à d'autres chansons, en particulier à la fameuse* Donna Lombarda, *et sommairement adaptés à la composition spécifique, avec des erreurs de métrique qui obligeaient à d'incroyables acrobaties vocales. J'entrepris de rechercher dans les montagnes d'autres leçons de cette chanson singulière qui avait pour héros un certain Colombano, et qui racontait, comme tant d'autres, un crime horrible : je ne trouvai pas d'autres traces, et personne ne sut me donner d'indications utiles. En présence d'une seule leçon, d'une unique version de cette histoire, je ne pus faire aucune étude comparative sur le texte, ni même relier la chanson à des faits historiques transmis par la tradition orale, personne dans les environs de ce chalet n'ayant jamais entendu parler de Colombano et de son histoire.*

*Je renonçai et exclus ce chant de mon corpus de recherches, avec l'assentiment général. Quelques années après le doctorat, rangeant mes notes qui dormaient depuis le jour de ma soutenance de thèse dans un classeur, je retrouvai le feuillet où j'avais retranscrit les vers que m'avait chantés Ghitin. De nouveau intrigué par ce texte isolé, je décidai de rendre visite à cette femme. Je me rendis sur l'alpage, mais le chalet où je l'avais rencontrée la première fois était fermé ; je m'adressai aux bergers, qui m'apprirent qu'elle était morte l'hiver précédent à Lanzo, à l'hôpital. Nous parlâmes encore un peu d'elle, de son mari, mort en Russie, et de son père, un « d'ailleurs », qui venait de Chiomonte, dans le Val de Suse.*

*Ce dernier détail me fit voir la chanson sous un jour nouveau : des références historiques existaient peut-être, il suffisait de les chercher dans la bonne vallée. À Chiomonte, on connaissait bien Colombano, et la place principale du village est justement dédiée à Colombano Romean : malheureusement, là non plus on ne connaissait pas la chanson.*

*Sans me décourager, j'allai consulter textes et documents dans toutes les archives existant sur un axe Turin-Grenoble, afin de trouver trace des homicides décrits dans la chanson, et d'en justifier par là l'existence.*

*Ce qui suit est le fruit de ces recherches, à savoir une réalité reconstituée à partir de sa représentation, mais également une enquête menée pour découvrir qui, il y a près de cinq siècles, un jour d'août 1533, assassina quatre innocents.*

*À présent j'ai la chanson là, sous les yeux, mais c'est une chanson qu'il faut chanter doucement, et seulement à qui nous accompagne en chemin, comme l'écrit Costantino Nigra citant Conde Arnaldos :* Yo no digo esta cancion sino a quiem conmigo va.

# I

## *Première strophe*

*Di là da cui boscagi*
*j'è quat mort da suterè.*
*E 'l pare e la mare*
*e la veja l'an massà ;*
*e na fia d'quìndes ani*
*ch'a smija penha endurmentà.* *

Les mules : maudite et traîtresse engeance.

Une fois de plus, il avait dû descendre de sa monture, là où le sentier muletier devenait sentier, et où le sentier devenait escalier de pierres. Il jurait contre cette bâtarde, mais c'était surtout pour oublier la peur et les pensées les plus sombres.

Était-ce la peste ? Serait-ce donc la peste ?

Pour la première fois, la confiance que les vilains plaçaient en lui fit naître une sensation

* Derrière ce fourré / Il y a quatre morts à enterrer. / Le père et la mère / et la vieille ont été tués ; / ainsi qu'une enfant de quinze ans / qui semble juste endormie.

d'écœurement qui le prit un peu au-dessous de l'estomac.

Les bergers qui avaient trouvé les quatre morts s'étaient adressés à lui comme à celui qui a le pouvoir de sauver le pays de la ruine ; comme si lui et lui seul avait pu arrêter le maléfice ou la contagion.

Il avait gagné la confiance des montagnards dès sa prise de fonctions comme juge, ici à Chiomonte. Comme les autres, il était apparu à cheval, dans ses habits rouge et noir et avec les insignes de la Prévôté d'Oulx, mais la population avait aussitôt compris qu'il était l'un des siens. La nouvelle de son arrivée courait plus vite que son cheval, en ce jour de novembre. Le vent qui balaie en permanence la vallée accumulait les nuages à mi-hauteur de la montagne, comme pour remplir ce sillon de toutes les vapeurs de l'univers. La rue du village déserte, les portes closes ; depuis les ruelles, à son passage, des bruits de sabots de bois se hâtant sur le pavage de cailloux. Là aussi il avait éprouvé de l'inquiétude ; non pas la même qu'aujourd'hui, mais d'une même intensité. Et donc, cette image qu'il revoyait, trois ans après, nette et vive : la communauté entière sur le parvis, des centaines d'yeux sombres qui le fixaient, enfoncés dans ces visages émaciés. Leurs lèvres serrées bleuies par l'air violent et glacé, et sous les vêtements de bure, sous les peaux de chèvre jetées sur les épaules, on devinait le tremblement de ces corps contraints à une immobilité inaccoutumée. Mais personne ne bougea avant qu'il ne mît pied à terre et qu'on pût observer ses mains et ses pommettes : callosités et rougeur révélèrent ses origines, et ces hommes, un à un, en silence, s'en allèrent rassurés. Le juge pouvait venir d'où il voulait, d'Oulx, de Briançon, du Queyras, ou même de la cité du Dauphin dont seuls quelques-uns avaient entendu parler, mais c'était un montagnard, et cela suffisait.

Mais lui, homme de chair, pouvait-il vraiment quelque chose contre la mort noire ?

Il avait son flacon de vinaigre et ses odorantes feuilles de menthe qui, comme le lui avaient enseigné ses professeurs de Grenoble, préservaient très certainement de la maladie. Il connaissait aussi formules et signes pour conjurer le mauvais sort. Mais il était sûr d'une seule chose dans son ascension vers les granges de la Thullie : il savait qu'il y trouverait les corps de trois femmes et d'un homme, de toute une famille qu'il aurait sans doute pu qualifier d'amie.

Combien de fois avait-il bu du lait chaud avec Isoardo le rouquin ?

L'odeur tiède exhalée de l'écuelle de bois envahit sa mémoire, et de nouveau l'assaillit ce malaise.

Comment serait le cadavre d'Isoardo ? Les bergers ne s'étaient pas étendus en descriptions ; à ses demandes de détails, l'un d'eux avait couru vomir dehors : combien de fois avait-il dû le faire depuis qu'ils avaient découvert les corps, quelques heures plus tôt.

Et le corps de Floretta ? Ses quinze ans, sa peau blanche, non encore abîmée par le soleil et le gel.

Depuis le début de la matinée, une pensée indéfinissable hantait l'esprit du juge Ippolito, quelque chose qui ne parvenait pas à prendre forme, mais présent comme un goût amer au fond de la bouche. Ce fut seulement lorsque ses yeux se posèrent sur un maigre filet d'eau qui s'écoulait entre les rochers que l'idée se précisa : qu'était-il advenu de Colombano ? Personne n'y avait fait allusion. Était-il mort avec les autres ? Ou bien, lui aussi contaminé, s'était-il traîné plus loin, répandant la maladie dans tout le canton ? S'il est admis qu'il s'agissait de maladie.

Lors des mois d'été, Colombano Romean vivait à l'alpage avec la famille d'Isoardo, et ce depuis qu'il avait entrepris, huit ans plus tôt, cet ouvrage audacieux et insensé où nul n'avait voulu le suivre.

— On ne fore pas la montagne, Romean !

— C'est de la pierre, pas du fromage…

— Si ’l matin tu creuses la peyra, la montagna la va remplir la seira.

Mais il fallait forer cette roche, creuser ce canal ; c’est ce que lui réclamaient les pâturages qui, des Quatre Dents, descendaient vers le sud. Arides, secs, jaunis dès la fin juin ; les troupeaux de vaches et de moutons s’y affamaient sous le soleil, et sans trouver de quoi s’abreuver, si ce n’est ce filet d’eau qu’il avait franchi d’un pas, et qui s’écoulait au creux des pierres, si direct et rapide qu’il ne profitait en rien aux herbes environnantes.

Alors on avait conçu le projet le plus simple et le plus irréaliste : faire traverser la montagne par un aqueduc souterrain pour prélever l’eau au plateau de la Thullie et la déverser sur le coteau du midi, sur les terres du Prévôt d’Oulx que de nombreux habitants de Chiomonte, de la Ramats et de Cels cultivaient en payant les dîmes.

Au moins mille pieds de roches à creuser. Un travail de mineurs, comme celui qu’on menait là-bas, à l’Argentière, sur la Durance, ou plus près encore, à Prazlat. Mais les mineurs coûtent cher, et plus encore s’ils viennent de loin. Aucune des confréries qui s’étaient jusque-là constituées pour creuser des canaux d’irrigation n’avait pu réunir tous les florins nécessaires pour le forage de la Thullie.

Un tel projet enflamma longtemps les assemblées de la communauté. On en discuta ; ceux qui avaient l'usage des terres exposées au sud se disputèrent avec ceux de l'autre côté, qui avaient eau et fourrage en quantité. Vingt ans de tergiversations, de travaux renvoyés à des abondances à venir, et voilà Colombano qui revient de Provence dans son Chiomonte natal et lance son défi.

Et donc, depuis huit ans, depuis l'été 1526, Colombano travaille seul à cet ouvrage qui aurait paru déjà admirable si tout le pays s'y était attelé, mais qui, confié aux mains d'un seul homme, devenait cyclopéen. L'eau et les pâturages désormais comptaient peu ; en jeu, son honneur, ainsi qu'une promesse que la communauté lui avait faite presque pour rire : si vraiment les eaux de la Thullie venaient irriguer les prés qui descendent des Quatre Dents, Colombano recevrait chaque année, de cette même communauté, deux cents setiers de seigle, cent d'avoine, quarante de châtaignes et de noix, et surtout cent setiers de vin. Énormité des chiffres, scepticisme des habitants ; mais la promesse était faite, écrite, scellée par le notaire et déposée aux archives de l'église, juste sous le clocher.

Si au moins il avait pu travailler aussi durant la mauvaise saison ; mais la Thullie était trop en altitude : trop froid pour y dormir les hivers secs, trop de neige menaçante sinon, trop longues les cinq heures de marche pour l'atteindre. Seul l'été était la bonne période, lorsque Isoardo montait à l'alpe avec ses bêtes et qu'il l'abritait et le nourrissait en échange de quelque travail de force que sa famille, privée de la bénédiction d'un enfant mâle, ne pouvait effectuer.

Qu'était-il donc advenu de Colombano ?

Entre souvenirs et pensées se perdit l'esprit du jeune juge Ippolito jusqu'à la dernière montée avant d'arriver au plan des granges ; interrompus seulement par de sporadiques imprécations contre la mule qui s'arc-boutait derechef.

Le haut soleil d'août le faisait transpirer, et il se libéra le torse de son épaisse chemise qu'il noua à la taille. À mesure qu'il approchait augmentait sa peur et son pas devenait plus lent, fatigué. Durant les trois années passées dans sa fonction, il avait vu la petite Floretta se faire désirable et femme ; quel carnage allait à présent gâcher cette image ?

Il avait encore devant les yeux l'émotion des montagnards qui lui avaient apporté la nouvelle ; des bergers comme Isoardo, simplement d'un autre alpage. Ils étaient descendus à la Thullie prendre chez Isoardo le bouc pour la monte des chèvres, et ils avaient vu ce qu'ils avaient vu, ce qu'ils n'avaient pas su décrire si ce n'est par des bribes de phrases incohérentes, hachées par la peur. Il ne pouvait s'agir d'une plaisanterie, et du reste chacun savait que plaisanter avec le juge de la Prévôté, même avec l'affable Ippolito, c'était risquer la corde ou la roue, si ce n'est la vie.

Le chalet ne se distinguait pas encore des rochers environnants, lorsque, s'engageant dans la conque qui l'abritait, il vit au loin des taches blanches sur l'herbe.

Il en fut désorienté.

De la neige en cette saison ? Avec cette chaleur !

Ce n'était pas de la neige. Une rafale de vent plus forte que les autres décrocha d'une de ces taches une touffe blanche et la dispersa dans les airs.

« Des pissenlits mûrs et fanés », pensa-t-il.

Ce n'étaient pas des pissenlits.

Les brebis, sans vie, gisaient par petits groupes, côte à côte dans la mort comme dans la vie. Sur leurs cadavres, le gypaète et les autres rapaces avaient déjà accompli leur basse besogne, et de leur peau se détachaient des flocons de laine qui allaient se déposer sur l'herbe alentour, comme autant de fleurs blanches.

Quelle peste s'en prenait aux brebis et aux chèvres ? Sorcellerie ! Sortilège ! Ippolito vit d'autres brebis paître placidement à côté de leurs congénères mortes ; c'est peut-être parmi elles que se tenaient les sorciers auteurs de ce massacre et capables, comme chacun sait, de prendre à la perfection les apparences de nombreux animaux. Et si ce n'est parmi les brebis, alors parmi les chèvres : le malin n'a-t-il donc pas des sabots de chèvre ?

Arrivé sur le seuil de la grange de pierre, le juge attacha sa mule à un pieu fiché dans la terre, prit un linge blanc et y versa un peu de vinaigre. Le rouge sombre maculant la blancheur du tissu lui rappela le sang, et il en eut un instant les jambes coupées ; enfin, rassemblant tout le courage de ses vingt-cinq ans, il franchit la porte toute grande ouverte.

Isoardo gisait à la renverse, la tête grotesquement appuyée sur la table où s'étalait une flaque de vomi vermillon, tel celui des ivrognes.

Diable de buveur, la mort t'a trouvé rempli de vin !

Toujours pressant le linge contre son nez et sa bouche, Ippolito s'avança en quête des autres cadavres.

Floretta, qu'est devenue ton indéfinissable beauté ? Toi aussi jetée à terre, comme ta mère, comme ta grand-mère un peu plus loin ; toi aussi perdue dans une flaque de vomi rouge.

Dans un ultime geste de piété, il arrangea le corps de Floretta, puis pratiqua sur celui d'Isoardo ce que les sectateurs d'Hippocrate lui avaient enseigné, désormais convaincu qu'il y avait une cause unique à ces morts, et que les traces sur leurs chairs étaient identiques.

Il étendit le cadavre sur le sol de terre battue, près de l'âtre, et en défit les vêtements de laine épaisse, signe que la mort avait eu lieu le soir. Sous le bras, à l'aine, aucune grosseur, aucun de ces bubons livides qui confirment, sans nul doute possible, l'œuvre de la peste noire. Les yeux étaient écarquillés, exorbités, comme s'ils avaient voulu sortir du visage à la brusque survenue du dernier instant. Les membres ne présentaient pas de blessures et, sous la pression des doigts du juge, malgré la raideur cadavérique, les viscères se montraient à leur place.

Lacérations purulentes, écoulements d'humeurs, sécrétions, rien de tout cela. Seulement un gonflement anormal de la langue, des lèvres et des narines, d'où avait coulé, mais sans grande abondance, un filet de sang. Mêmes signes sur le visage des femmes.

Ce n'est qu'une fois l'examen des corps terminé qu'Ippolito s'avisa qu'aucun des rares objets qu'abritait le chalet n'était à sa place. Un des deux bancs était renversé, les cendres dispersées dans l'âtre, la maie retournée, la farine bise répandue partout. On aurait dit une attaque de brigands ; mais les brigands s'en prennent aux voyageurs qui vont au Mont-Cenis ou au Mont-Genèvre, non aux modestes bergers. C'était le déchaînement des forces du mal qui avait dû provoquer un tel désastre.

Des floches de laine çà et là, et même une chèvre crevée sous la table laissèrent supposer au juge que le désordre avait été causé par l'irruption des animaux, alors que les humains étaient déjà sans vie.

Il prit une écuelle et y versa un peu de vin que contenait la petite outre en écorce de courge encore posée sur la table ; il le flaira, mais ne sentit rien de particulier, rien d'autre que cet arôme légèrement acidulé qu'exhale le pauvre vin de montagne conservé au chaud. De toute façon, ce n'était certainement pas le vin qui avait tué Floretta, sa mère, ou les bêtes.

Ippolito releva un tabouret et s'y assit, appuyant son dos au mur de pierre. Combien de temps resta-t-il là, immobile ? Difficile à dire. Ce qu'il y a de sûr, c'est qu'il s'était assoupi, vaincu moins par la fatigue du trajet que par la dissipation de sa peur, devenue douleur.

Il se réveilla en sursaut pour chasser les mouches de son visage.

Abominables insectes ; ils sentent la puanteur des cadavres bien avant qu'elle soit perceptible pour l'homme. Les corps par terre étaient couverts de ces noirs et bourdonnants corpuscules.

Il agita les mains sur le visage figé de Floretta, et les mouches, chassées, se mirent à lui voler autour de la tête, se posant sur sa nuque, dans les oreilles, pénétrant dans le col de sa chemise qu'il venait de remettre. Ippolito tenta encore, rageusement, de les éloigner de lui et de ces malheureux restes. Finalement pris d'une panique incontrôlable, il se précipita dehors, se démenant comme un possédé. Son souffle était court, ses jambes coupées à la hauteur des cuisses, mais sa course ne s'arrêtait pas ; il franchit un petit talus, un muret de pierres, un nouveau tas de brebis mortes, et ne s'arrêta qu'au petit lac : là il s'étendit, les yeux tournés vers le ciel. Des rapaces y tournoyaient en attendant qu'il les débarrasse de son encombrante présence d'homme et qu'il laisse libre cours à leur repas.

Lorsque là-haut le faucon vole large, ou que le gypaète plane, ou que le corbeau s'abandonne au courant, rien ni personne, en montagne, ne montre plus signe de vie. Dans cette accalmie de vent et de bruits, Ippolito n'entendait que sa propre respiration et regardait les Quatre Dents immobiles se découper sur le bleu intense. Quatre saillies de pierre dans lesquelles les habitants de la vallée, par plaisanterie ou du fait d'une vive imagination d'ignorants, avaient cru voir, plus d'un siècle auparavant, les quatre dernières dents qui, en l'an du Seigneur 1406, avaient accompagné dans la tombe le Prévôt Giovanni di Bigot, le sage et bon Prévôt qui avait accordé les Statuts à la communauté de Chiomonte. Là, dans cette perfection de silence, d'eau, de soleil et de roche, le jeune juge aurait pu oublier toutes choses, ces morts surtout. Mais non, il n'oublia ni les morts ni les vivants, du moins ceux qu'il espérait encore voir vivants, et il se mit à la recherche de Colombano.

Si le mal ou le maléfice ne s'étaient pas emparés du corps et de l'âme de Colombano, le tailleur de pierres devait se trouver là, dans sa galerie, et c'est bien vers le percement de la Thullie qu'Ippolito se dirigea.

L'angoisse de nouveau le saisit. Ce matin, en quittant son logis au château, il savait que ses yeux verraient la mort de personnes qu'il connaissait, mais il n'était pas préparé à la perte de Colombano. Avec Isoardo, il buvait et causait récoltes, bêtes et fenaisons, mais Colombano était le seul, parmi les vilains, à lui raconter des choses fascinantes, qui le tiraient des mornes journées d'hiver. Romean ne lui rapportait pas des histoires de villages, ni des légendes d'hommes, d'esprits et de saints. Son imagination n'aurait jamais su inventer ce qui se trouvait derrière lui. Il décrivait ce qu'il voyait au quotidien, ce qu'il avait vu toute sa vie : les pierres. Les éclats brillants des mines d'argent, entre Briançon et Embrun, les cristaux de roche sur les parois les plus abruptes, près des glaciers perpétuels, les rochers fendus par la foudre, le marron rougeâtre du minerai de fer, le banal et ordinaire granit, dont les fragments que détachait furieusement son burin révélaient des dessins d'animaux merveilleux et terrifiants. Voilà ce que racontait Colombano au juge Ippolito lorsque la neige recouvrait les toits et les rues de Chiomonte.

Si tout à l'heure la certitude de la mort avait ralenti le pas du juge, à présent le doute l'éperonnait, et c'est presque en courant qu'il atteignit l'entrée de la galerie.

Au dehors, du tailleur de pierres, nulle trace.

— Colomban. Colomban.

Seul le bruit du soufflet.

Romean avait dû fabriquer ce soufflet après s'être avisé que le forage devenait trop long et que l'air frais de l'extérieur n'arrivait plus jusqu'au fond. En revanche, chassé par le soufflet, l'air parcourait un long tuyau de toile de chanvre cirée, et parvenait là où il était utile. Mais le véritable prodige, c'était le mécanisme qui actionnait le tuyau, un ouvrage qui avait requis toute l'ingéniosité d'Aimerico, le menuisier.

Une roue à eau, avec une cheville fichée sur le bord, pressait périodiquement le côté supérieur du soufflet qui, aussitôt libéré de la pression de cette cheville, était tiré vers le haut par un contrepoids monté sur une poulie. La cheville de la roue comprimait, le contrepoids dilatait : comprimait, dilatait, comprimait, dilatait ; au rythme imprimé par l'eau, cette même eau qui, sous peu, devrait passer par ce canal souterrain.

— Colombano Romeaaan.

Seulement le soufflet.

Le juge chercha aux alentours une lampe à huile, ou au moins une chandelle de suif. Rien.

Au diable les chandelles ! S'il doit faire noir, qu'il fasse noir.

Avant de s'engager dans la galerie, il tâta machinalement sa ceinture pour vérifier que son poignard était bien là ; alors, serrant les dents, il entra.

Un travail consciencieux : la voûte suffisamment haute pour qu'on y tienne debout, le passage large pour ne pas s'érafler les flancs, le sol malheureusement inégal ; cependant c'est là un sol pour un ruisseau, non pour des êtres humains.

De la lumière qui avait accompagné ses premiers pas, il ne restait plus que la lueur de l'embouchure ; devant lui, tout autour, seulement du noir, du noir, du noir…

Dès le début, dans cette obscurité, il s'était attendu avec angoisse à trébucher sur le cadavre de Colombano mais, en progressant dans la galerie, ce fut bientôt l'hypothèse la moins effrayante. Il imaginait des serpents et des chauves-souris, d'énormes salamandres et des tritons ou qui sait quels êtres infernaux encore. Mais oui, voilà, sorcières et enchanteurs avaient fait de ce lieu leur antre où rassembler tous les animaux sordides qu'ils tenaient à leur service, et tous les hommes et les femmes que le sortilège enchaînait à des apparences bestiales.

Ou peut-être, à le guetter dans l'obscurité, cette créature, ce terrifiant génie qu'on appelle l'Homme Sauvage. Oui, il en entendait le souffle. Profond et rythmé, le souffle de l'Homme Sauvage, passant par la gueule béante, émettait un son sourd de corne de guerre qu'on perçoit au loin.

Il s'arrêta pour s'adosser à la paroi, la tête dans les mains : les veines de son cou tapaient comme si elles devaient éclater. Peu à peu alors, son cœur recommença à battre moins violemment, et il réussit à se convaincre que cette respiration inhumaine n'était que le bruit de l'air circulant dans le conduit.

Ayant repris des forces et un minimum de conscience, sinon vraiment de calme, il se remit en marche. Mais combien Colombano avait-il creusé ? Ippolito, comme tous les autres, n'avait jamais pu visiter la galerie ; et d'être à présent dans un boyau long de plusieurs milliers de pieds, c'était comme se trouver au milieu de cet océan infini que lui avait décrit, un jour, un clerc portugais.

Le juge transpirait, à grosses gouttes maintenant, alors qu'au début, à peine entré dans le pertuis, il avait senti ses membres se glacer au brusque passage du soleil à l'ombre. Il suait, et peinait à respirer, arrivé au point où l'air extérieur ne pénétrait plus, et où la nature, par horreur du vide, remplissait l'endroit de fluides immatériels inconnus qui, trop longtemps inhalés, entraînaient une mort certaine.

Il chercha le tuyau relié au soufflet, prêt à le couper si ses poumons le lui réclamaient. Mais auparavant se produisit le pire tant redouté.

Un fracas de fer, des sons rauques, des jurons, des coups de pied et de poing, des bourrades, peur, confusion.

— Va-t'en !

— Qui es-tu ?

— Je vais te tuer !

— Vade retro…

— Sainte Vierge…

— Du calme, Colombano, du calme. C'est moi, Ippolito.

Confusion.

— Colombano ! Au nom du Ciel, Colombano, arrête-toi et allume ta lampe. Ou serais-tu possédé par le démon ?

— C'est vraiment vous, juge ?

— Donne un peu de lumière, et assure-t'en par toi-même.

On entendit plusieurs fois battre la pierre du briquet, avant qu'une faible rougeur prenne possession de la mèche.

À la flamme de la lampe à huile, les deux hommes purent se voir.

— Que faisais-tu donc dans l'obscurité, Colombano ?

— Je dormais.

— À cette heure ?

— Mais comment voulez-vous que je sache les heures et les jours, moi ; je ne sors plus de là depuis la nouvelle lune. Nous sommes en août : si je ne termine pas ce fichu trou avant l'hiver, je devrai attendre une année de plus pour ma récompense. Alors je travaille, je travaille sans arrêt, et quand je tombe vraiment de sommeil, je me couche là où je suis et je dors. Et donc je dormais lorsque vous êtes arrivé. Alors j'ai senti qu'on me donnait des coups de pied… Oh, pardonnez-moi, je sais bien que vous ne vouliez pas me donner de coups de pied, mais vous savez, ainsi à l'improviste, j'ai cru… j'ai cru… je ne sais même pas ce que j'ai cru, je me suis mis à cogner, voilà tout. Je ne vous ai pas fait mal ?

— Non, ne t'en fais pas ; toi, plutôt ?

— Oh, n'allez pas vous tracasser pour moi.

Quand on a fendu des pierres dans toutes les mines du Dauphiné, on est habitué aux coups.

— Depuis combien de temps n'as-tu pas vu Isoardo ?

— Je vous l'ai dit, depuis la nouvelle lune. Je l'ai aidé à déplacer l'étançon de la peyre haute pour faire aller l'eau sur les prés de la fin août ; ce ruisseau-là, la peyre haute, est barré par un rocher gros comme une montagne ; si l'on n'est pas deux, on n'arrive pas à le faire rouler de côté.

— Quand il avait besoin d'aide, il venait jusqu'ici pour t'appeler ?

— Non, Isoardo avait peur d'entrer dans le trou ; quand il le fallait, il criait dans le tuyau de l'air, et moi je l'entendais.

— Et pour manger et boire, comment fais-tu ?

— C'est Tuju qui m'apporte ça tous les jours : du pain frais, du vin et de la tomme. Il va les prendre en bas, aux Ramats, et ainsi je ne pèse plus sur ce pauvre Isoardo qui a tout juste de quoi manger, ce n'est pas par politesse, c'est vraiment qu'il n'a pas de quoi. Pour l'eau, il y a ici deux veines dans les roches, toutes petites heureusement, mais suffisantes pour remplir mon écuelle. Je ne l'ai dit à personne, toutefois, que je ne mange plus chez Isoardo, et ainsi la communauté continue à lui payer la nourriture pour moi ; même à la vieille des Ramats, celle qui me donne le pain, je n'ai rien dit : je la paie, un point c'est tout.

— Un chien comme Tuju est une bénédiction pour un homme comme toi, Romean ; un chien comme Tuju est le meilleur compagnon que tu puisses avoir.

Au fond de cet abîme noir, les deux hommes parlaient sur un ton paisible pour donner un semblant de normalité à une situation en suspens et imprévue. Imprévu, pour l'un, de trouver la vie plutôt que la mort ; imprévu, pour l'autre, de trouver à son réveil de la compagnie plutôt que la solitude.

Mais le souffle frais qui sortait du conduit ne suffisait pas pour deux personnes, et même la petite flamme de la lampe vacillait et tremblait. Inspirant profondément au tuyau à tour de rôle avant de traverser la zone d'air mort au milieu de la galerie, Ippolito et Colombano regagnèrent l'air libre, et là seulement le juge dit ce qui était arrivé.

— Isoardo est mort, Floretta est morte, ils sont tous morts, et même de nombreuses bêtes sont crevées.

Colombano, étendu par terre, le visage recouvert d'un morceau de toile de sac pour accoutumer lentement les yeux à la lumière, ne bougea pas.

— Ils sont tous morts, répéta Ippolito.

— Comment est-ce arrivé ?

— Je ne sais pas.

Les montagnards ignoraient les mots superflus, même lorsqu'ils avaient étudié.

Le visage encore recouvert de cette espèce de suaire, le tailleur de pierres dit :

— Je veux les voir.

— Il vaut mieux l'éviter. Les vivants ne doivent pas réveiller les démons des morts. Demain, les gardes champêtres les enterreront près des granges et mèneront dans la vallée les bêtes restantes.

— Alors je retourne travailler.

— Oui, retourne travailler. Mais dis-moi, Romean, as-tu vu quelque chose ? entendu quelque chose ? Des voix, des lumières, des feux, des danses, des éclairs, des chats noirs, des coqs noirs ?

Déconcerté, Colombano resta silencieux ; se relevant pour s'asseoir, il indiqua du menton l'entrée de son tunnel, comme pour signifier que rien, hormis l'obscurité, les coups de ses outils et la surface rugueuse et humide de la pierre, n'avait touché ses sens des jours et des jours durant. Alors, marmottant un salut, les deux hommes se séparèrent, et le juge retourna au chalet récupérer sa mule et compléter son inspection.

## II

## *Deuxième strophe*

*Quand la gent a l'è muntà*
*per andeje a suteré,*
*a l'a vist Culumban*
*ch'a fasia so mesté.*
*A l'an vist Culumban*
*a l'an falu përzuné**.

Ippolito avait craint que les images terribles de la journée n'assaillent son esprit durant la nuit, rendues plus épouvantables encore par l'incertitude que favorise la fragile frontière entre veille et sommeil. Mais la fatigue l'avait emporté, et une chape de plomb s'était abattue sur ses yeux pour ne se dissiper que lorsque les cloches de l'église avaient sonné les matines.

Comme fréquemment en août, la chaleur de la veille avait cédé la place à un air orageux, où

* Quand les gens sont montés / pour aller les enterrer, / ils ont vu Colombano / qui faisait son métier. / Ils ont vu Colombano / et l'ont fait prisonnier.

les nuages, d'abord accourus du Dauphiné vers les terres du duc de Savoie, s'arrêtaient grevés de pluie et de grêle, prêts à déverser sur la vallée leur charge glacée.

Quittant les appartements mis à sa disposition dans l'humble château de Chiomonte, le juge regretta son bain chaud de la veille, dans le grand baquet. Il s'y était plongé tout habillé afin de se purifier de tout ce qui avait pu se déposer d'immonde et de meurtrier sur sa peau et ses vêtements sur le lieu des faits mortifères. Mais pour lui, fils de paysans, le bain complet avait le goût de la victoire, de la libération, et c'est pourquoi il s'immergeait voluptueusement dans l'eau tiède plus souvent que ce qu'un soin normal aurait demandé : jusqu'à quatre ou cinq fois par an.

Un serviteur qui avait, entre autres, les fonctions d'écuyer, approcha son cheval, et Ippolito put entamer, à contre-cœur, son voyage vers Oulx, où il rendrait compte des événements au Prévôt, avant d'en attendre les ordres.

Cinq lieues ! Il ramollissait ; il sentait diminuer en lui la vigueur de ses premières années. Il suffisait d'un orage qui menace et de cinq lieues à parcourir sous le soleil, confortablement à cheval, pour le mettre de mauvaise humeur. Au sortir du village, il regarda les dernières constructions, les plus pauvres, et pensa que même elles, comparées à la maison de son père, là-haut à Saint-Christophe, sembleraient des palais d'évêque. Il se rappela les murs qui l'avaient vu enfant, le sol de terre battue, le chaume lié du toit, et le seul véritable mobilier, le coffre dans lequel sa mère avait apporté son ridicule trousseau de noces. Tous les siens vivaient encore là ; lorsqu'il était parti, il avait cinq sœurs et deux frères, qui sait combien ils étaient à présent ? Combien de bouches pour se partager le pain, de mains pour se disputer, glacées de froid, le peu de châtaignes, de navets, d'oignons ?

Sa famille avait regardé avec satisfaction et soulagement le jour où, à quinze ans, il avait quitté Saint-Christophe pour suivre un frère prêcheur itinérant ; tous, y compris sa mère, avaient vite calculé de combien, grâce au départ de cet estomac toujours plus vorace, augmenterait leur portion, leur chance de survie.

Nul ne se souciait des rumeurs qui couraient sur ces frères vagabonds : des maîtres tyranniques, exploiteurs et tortionnaires de jeunes gens recueillis çà et là, et sodomites ; oui, corrompus par le vice de la luxure, contentant la nature ou allant contre elle. Toutes ces rumeurs s'étaient tues ce dimanche où le vieillard portant le froc avait demandé au père d'Ippolito la permission d'emmener avec lui le garçon.

— Il viendra avec moi à Grenoble, où il ira

au séminaire, car il est le seul, parmi les milliers et les milliers de jeunes gens que j'ai rencontrés sur les chemins de mes prêches, à avoir compris, lui pauvre illettré, le sens des paroles que j'ai adressées à des nobles et à des fils de marchands.

Ippolito avait flairé un piège ; il ne pouvait pas croire que d'autres de son âge, riches et instruits, n'aient pas su répondre aux questions simples du frère.

— Qui est le sage ? avait-il demandé.

Certains avaient répondu Gaston Oddoux, qui savait écrire son nom. D'autres dirent le Pepi des Pellorce, le vieillard chenu qui s'entendait à guérir la fièvre tierce et les fièvres puerpérales au moyen de compresses de feuilles. Pour sa part, il n'aurait pas ouvert la bouche s'il n'avait pas été interrogé directement ; mais, sollicité, il regarda le vieux dans les yeux et lui dit ce que l'autre voulait entendre :

— Sage est celui qui comprend Dieu.

Foudroyé sur la route de l'Oisans, le frère prêcheur l'embrassa, lui parla de l'Esprit-Saint Éducateur et l'emmena chez ses parents pour faire cette demande.

Le garçon avait donc un soupçon. Il soupçonnait en silence, et en silence, indifférent, il quitta les siens pour suivre cet homme qui lui promettait un avenir sans l'obsession de la faim, et qui abuserait peut-être de lui dès la sortie du village, dans la pinède qui surplombe Venosc.

En réalité, le frère fit ce qu'il avait dit, et bien davantage ; il fit de lui un docteur, il en fit ce qu'il était aujourd'hui.

À savoir : un jeune homme qui avait goûté aux plaisirs du luxe et de l'aisance, mais dont le corps et les gestes les plus spontanés révélaient les origines. Robuste, suffisamment grand pour ne pas paraître trapu, aux cheveux et au teint sombres ; beau aussi, mais engoncé dans ses fins vêtements des Flandres. Incapable encore de feindre une lassitude qu'il n'éprouvait pas, qu'il ne pouvait pas éprouver pour ces misérables cinq lieues.

Il éperonna son cheval et fut bientôt à Exilles, où la vallée se resserrait pour devenir une gorge, et où tout le monde, depuis la nuit des temps, pensait pouvoir contrôler le passage de ceux qui, voyageurs, pèlerins, armées, transitaient par la route des Alpes cottiennes. Ce qui frappait, dans ce lieu, c'était la pénombre grise qui y régnait toujours et qui, à cet instant, avec ces nuages qui coupaient en deux les parois surplombantes de la montagne, semblait encore plus apocalyptique.

Après Exilles la route s'enfonçait dans une épaisse forêt où la Doire dessinait ses anses et où l'industrie des hommes avait créé les cultures les plus riches.

Ippolito n'était jamais monté chez le Prévôt avec des nouvelles aussi graves, et c'est peut-être pour cela que la Prévôté, sur la colline qui dominait le village, lui parut plus sombre et plus menaçante que jamais. Il y arriva aux premières gouttes d'une pluie qui s'annonçait depuis l'aube. Tandis qu'un serviteur s'occupait de son cheval, lui, passé la grille, pénétra dans le labyrinthe de couloirs qu'il parcourut à la lueur des torches jusqu'à la salle des audiences.

— Mon père, dit le juge en s'inclinant devant son maître.

Chaque fois qu'il prononçait ce mot, l'accompagnant du geste d'hommage, il se demandait pourquoi il s'adressait au plus puissant feudataire du bas Dauphiné, comme on appelle le simple curé d'une église de montagne. Justice du Christ, qui ne fait pas de différences entre ses ministres : le Prévôt était avant tout un ministre de Dieu. Ou alors hypocrisie de son Église, qui par un habile jeu de mots éliminait dans le nom l'évidente disparité qui existait dans la substance. Mais cette dernière idée ne faisait qu'effleurer furtivement l'esprit d'Ippolito ; en tout cas, elle ne l'effleura pas à cet instant. Au contraire, à mesure qu'il racontait au prélat les événements, son cœur s'ouvrait, et il sentait croître une pleine confiance en son seigneur et dans la sainte institution qu'il représentait :

c'est lui qui lui indiquerait la bonne voie à suivre.

— Tu as bien fait, dit le Prévôt. Tu as bien fait d'ordonner l'enterrement immédiat de ces infortunés ; mais demain tu les feras exhumer, puis ensevelir au cimetière de la Ramats : les enterrements furtifs, hors de la terre consacrée, enflamment les esprits simples et les poussent à imaginer des trames mystérieuses là où ne s'exerce que la funeste action de la nature.

— Et le risque de contagion ? répliqua Ippolito.

— Tu les as touchés, toi, ces corps, et aujourd'hui tu es ici près de moi, et dans tes yeux on ne lit aucun mal. D'autre part, tu as vu par toi-même qu'il n'y avait ni bubons ni traces de pestilence. D'ailleurs, depuis quand la peste frappe-t-elle des gens isolés, sans contact avec la multitude durant des mois ? L'émanation astrale qui répand la peste a toujours épargné les ermitages ; or, la Thullie, où ne passent ni armées ni caravanes, où ne passe personne, n'est-elle pas comparable à une sorte d'ermitage ?

— Et alors ?

— Et alors tu diras au village que c'est le seigle ergoté qui les a tués. De la sorte ils feront plus attention à leurs récoltes et à leurs plantations.

— Mais ce n'est pas le seigle…

— Tu m'as dit que tu as vu leur farine, mais as-tu vu le seigle avant que la meule ne l'écrase ? Pourrais-tu jurer de l'absence des minuscules ergots qui infectent le bon grain ?

— Non, répondit le juge avec plus de conviction, mais je sais que le seigle ergoté ne tue pas d'un coup. J'ai vu les ardents, j'ai vu les gens de Chambon qui, poussés par la faim, avaient dévoré du pain pourtant fait avec du seigle malade. J'ignore, mon père, si vous avez jamais assisté au délire d'un village entier. Hommes et femmes, yeux écarquillés, immobiles pendant des heures, puis en un instant au milieu de la rue en proie aux convulsions. Les visages tuméfiés, la gangrène, et la mort qui regarde mais ne vient pas, qui se divertit à ce spectacle, qui saisit les proies les plus faciles, les vieillards et les enfants, et attend les autres avec la patience de l'oiseleur. Non, ce n'est pas cette mort-là qui a frappé à la Thullie.

— C'est possible, Ippolito, c'est possible, mais que crois-tu qu'il arriverait si les gens de Chiomonte, de Cels et de la Ramats ne recevaient pas de leur juge une réponse satisfaisante ? On commencerait à dire que les conques des Quatre Dents sont des lieux du démon, que les bergers y meurent mystérieusement. Personne ne voudrait plus entretenir les prés, personne ne mènerait plus les bêtes à la pâture ; juste au moment où

Colombano Romean, Dieu soit loué de l'avoir sauvé, est sur le point d'achever le canal qui donnera eau et richesse aux pâturages de l'adret. Ce serait une catastrophe pour tout le monde, famine et pauvreté.

Et qui sait combien de dîmes en moins, pensa Ippolito, de nouveau critique.

— Voudriez-vous donc laisser vos vassaux entre les griffes de Satan ?

— Ippolito, Ippolito, à quoi ont servi tes études ? Qu'est-il advenu de cette intelligence qui avait frappé le secrétaire du Conseil delphinal, au point de t'envoyer ici avec les meilleurs éloges ? Le Malin met partout ses plans en œuvre. Rappelle-toi ce que Satan répondit à Dieu qui lui demandait où il était allé : « J'ai vagabondé sur la terre, je l'ai toute parcourue », voilà ce que dit le Malin. Il ne privilégie ni la Thullie, ni d'autres endroits ; il aime le péché, et là où est l'un, là tu trouveras l'Autre. Qu'ils ôtent la fierté, la luxure et l'avidité de leur cœur, et qu'ils aillent travailler dans la joie les terres du Seigneur.

Le visage du jeune juge, d'ordinaire déjà rouge aux pommettes, s'était tout empourpré de honte et de rage envers lui-même, envers le montagnard fruste et ignorant qui était encore en lui.

Sa génuflexion de congé fut plus marquée que celle précédant l'entretien, plus marquée que toutes celles du passé. Il sortit de la Prévôté et, bien qu'il eût cessé de pleuvoir, le ciel lui parut encore plus sombre.

Le trajet de retour ne fut qu'un tourbillon de pensées et de récriminations ; presque sans s'en apercevoir, Ippolito se retrouva à Chiomonte bien avant le coucher du soleil, et décida d'abriter là ses amertumes, chez Margherita.

Une fois le cheval attaché dehors, caché aux yeux des passants de la rue, et le visage baigné à la fontaine, le juge entra sans frapper.

Margherita se tenait près de la table où son enfant était assis, qu'elle épouillait.

— Il a presque huit ans, et il sait toujours pas se débarrasser tout seul de ces bestioles.

— Toujours en train de te plaindre, Margherita ; ne sais-tu donc rien faire d'autre ?

— Mais que peut faire une pauvre veuve, sinon se plaindre, se briser le dos, les reins, et se plaindre. Une veuve avec un enfant qui a jamais connu son père. Si ces Espagnols m'avaient pas tué mon mari, je serais pas là à me plaindre…

— Ce n'étaient pas les Espagnols, c'étaient les soldats du roi de France, ils étaient comme nous.

— Comment peux-tu savoir qui c'était, tu étais même pas là. Va savoir où tu étais alors.

— Je le sais parce que tu m'as déjà raconté mille fois cette histoire, et parce que si Tommaso a huit ans, ou bien c'est le fils d'un muletier de passage, ou bien ton mari est mort en vingt-cinq, et il s'agissait alors des soldats du roi François.

— Qui que ce soit, on aurait dû les pendre. Ils l'ont embroché simplement parce qu'il défendait son bien.

— Il cherchait à te protéger ?

— Non, il défendait le cochon. Ils voulaient nous le prendre, tu comprends ? Le cochon qu'on engraissait depuis deux ans.

— C'étaient des soldats, ils en avaient le droit ; d'ailleurs, la communauté d'Oulx a toujours été largement récompensée pour l'hébergement des troupes ; la foire d'Oulx, une foire franche de six jours, a été accordée par le roi Charles, et le roi François l'a reconfirmée.

— J'y suis jamais allée, à cette foire, moi. La foire, c'est pour ceux qui ont quelque chose à vendre et des sous pour acheter. Moi, mon mari me suffisait, mais ils me l'ont tué ; ils me l'ont tous tué : les soldats, le roi, les nobles…

Ippolito se raidit, comme pour répondre qu'il était tout de même juge, et qu'il ne pouvait pas tolérer certains propos, mais elle, assise sur la table à côté de l'enfant, avait déjà dénoué les lacets de sa chemise et ouvert ses vêtements sur sa poitrine.

Bien qu'elle allât déjà sur ses vingt-cinq ans, Margherita avait gardé une beauté appétissante, dont personne sans doute, en dehors d'Ippolito et du défunt mari, n'avait profité. Le veuvage et les privations ne lui avaient pas enlevé sa dignité, mais quand le jeune juge avait montré son intérêt pour elle, celle-ci ne s'était pas rétractée, et pour se l'assurer le plus longtemps possible, elle avait inventé pour lui de luxurieuses tentations.

Margherita posa devant Tommaso une écuelle de lait, puis s'approcha d'Ippolito en lui tournant le dos, et celui-ci eut pour tâche, comme d'habitude, d'écarter l'ouverture de la chemise jusqu'à en dégager les épaules, et de faire glisser ensuite celle-ci le long de son corps fin pour le dénuder totalement.

Si on lui avait demandé une raison, une seule, d'aimer l'été, il aurait évoqué ces flancs nus et ces fesses blanches et lisses. L'hiver, le sexe de Margherita était pour lui un mystère humide au fond d'un interminable rideau d'étoffes qu'il lui avait lui-même offertes, mais la chaleur en faisait un doux fruit accessible, à regarder et à caresser avant l'union.

Pourquoi donc avait-on écrit que la femme est plus amère que la mort ? Ce sage avait infiniment plus raison lorsqu'il invitait à jouir de la vie avec sa propre femme. Et si Margherita ne pouvait pas être tout à fait sa femme, car la tonsure et les vœux prononcés lui interdisaient d'en avoir une, il n'en était pas moins beau d'accepter cette invitation, du moins tant que subsistait le désir.

Ippolito lui aussi se déshabilla complètement et s'étendit sur la paillasse.

Lors de ses premières rencontres avec Margherita, il avait éprouvé un peu de gêne devant les grands yeux de Tommaso, lesquels, même s'ils n'observaient pas, se posaient de temps en temps, peut-être avec indifférence, sur ces deux corps unis. Ippolito avait fouillé dans sa mémoire, cherchant l'image de ses parents nus et enlacés, mais en vain. Il se rappelait les gémissements étouffés de leurs accouplements dans l'étable où par nécessité se déroulait la vie nocturne de toute la famille ; il se rappelait sa mère étendue et son père sur elle, le pantalon desserré, mais pas un coin de peau exposé à l'air. Était-ce donc par pudeur ? Sans doute était-ce seulement à cause du froid, plutôt que par une habitude ancestrale de ne jamais se découvrir, même avec la chaleur. Et puis, durant la courte période estivale, il y avait les moissons, les grands travaux dans les prés ; le soir, ses parents se jetaient harassés sur la litière, incapables du moindre geste.

Depuis quelque temps toutefois, il s'était habitué même à l'enfant, et de ses précédentes impressions confuses ne lui restait qu'un sentiment de tristesse désolée à l'idée que son père n'avait jamais connu l'intense plaisir de caresser l'intimité de sa femme, le thorax effleuré par ses seins.

Ce jour-là encore, alors qu'il était étendu sur le dos et que Margherita était sur lui à califourchon, avec sa nudité effrontée et séduisante, Ippolito eut une pensée de commisération pour son père et pour tous les paysans comme lui : même les franches et profondes joies de l'accouplement étaient des joies de riches, de ceux qui pouvaient se permettre le luxe de l'alcôve un après-midi d'été, sans devoir subir les pesanteurs d'une journée aux champs. Le juge savourait chaque instant de ces longues étreintes, et s'accordait ensuite le plaisir, si rare dans les pauvres taudis de montagne, de rester immobile à côté de son corps à elle.

Ce fut durant ce repos qui prolongeait indéfiniment la jouissance précédente, qu'Ippolito commença à percevoir le bruit.

D'abord à peine quelques clameurs aiguës, comme d'une fête lointaine.

Puis un remue-ménage plus fort, comme d'un marché.

Enfin des cris, des pas de course, des imprécations, des jurons, des appels au renfort, comme de gens qui fuient un incendie ou une avalanche.

Le juge se leva d'un bond et se rhabilla, reprenant en un instant conscience de son autorité et de son devoir.

Dehors, dans la ruelle, recouvrant de leurs traces celles laissées dans la boue par des dizaines de pieds, les retardataires couraient vers le lieu où la horde menait encore son chahut. Ippolito se joignit à eux, et lorsqu'il déboucha sur le parvis de l'église, il crut revivre un épisode de son adolescence.

Cela se passait à Grenoble ; avec les autres clercs, il était sorti de la taverne de la Table-Ronde et avait vu un chat dos au mur, cerné de quatre chiens errants. Le chat n'avait aucune issue, et le gros dos et le pelage hérissé ne lui servaient à rien ; s'il était encore en vie, c'était seulement que les chiens se surveillaient les uns les autres : chacun savait que le premier, quel qu'il fût, qui se jetterait sur la proie, aurait tous les autres contre lui. Ils attendaient, aboyaient, se rapprochaient. Ippolito avait parié avec ses compagnons que le premier qui planterait ses crocs dans les chairs du chat, ce serait le braque au pelage foncé ; mais le plus audacieux fut un simple bâtard : il n'avait pas fini de saisir entre ses crocs la proie au cou, qu'il devenait déjà lui-même la proie des autres. Au terme de la courte bataille, au milieu du cercle des chiens ensanglantés, il ne resta plus du chat que quelques lambeaux.

Non moins faméliques et féroces que ces chiens, cette fois les assaillants étaient des hommes et des femmes de Chiomonte et des villages voisins et, à la place du chat, acculé contre le mur de l'église, Colombano.

— Assassin ! Brigand ! À mort ! À la potence !

La foule débitait son répertoire habituel.

Colombano avait réussi à agripper l'anneau de salut scellé entre les pierres de l'église, et le serrait des deux mains, regardant autour de lui sans comprendre. La masse hurlante s'était arrêtée à quelques pas de lui, les plus excités au premier rang avec fourches et bâtons : lequel parmi eux aurait le courage de violer le droit d'asile sacré que conférait l'anneau à celui qui l'avait entre les doigts ? Personne, probablement, bien que l'espace vide devant Romean se réduisît peu à peu, la foule devenant toujours plus compacte. Ippolito commença à la fendre en traversant la place. Au début, il lui suffit d'avancer avec décision, mais à mesure qu'il progressait, l'entrelacs de corps devenait de plus en plus difficile à déchirer ; il devait se plier, jouer des coudes, se mettre de biais, subir des bourrades dans le dos et se protéger estomac et bas-ventre de coups plus ou moins involontaires. À la fin, à peu de pas maintenant de l'objet de la fureur collective, il fut obligé de déplacer de tout leur poids les personnes qui lui faisaient obstacle. Lorsqu'il put abriter de son corps celui de Colombano, la marge entre eux et les vilains fous furieux n'était que de quelques pieds, et il résolut d'y ajouter la distance que détermine un poignard.

— Qu'a fait cet homme ? demanda-t-il à la meute d'excités.

— Il a massacré quatre bonnes âmes et leurs bêtes, répondit quelqu'un.

— Il a étripé Isoardo et sa famille, compléta un autre.

— Il les a étranglés, ce chien…

— … alors qu'ils lui avaient toujours donné à manger.

— Qui vous a dit, pour Isoardo ?

— Les champiers.

Les idiots. Pourquoi donc ne trouve-t-on pas de gardes champêtres qui ne jacassent pas comme femme au lavoir ?

— Et qui accuse cet homme ?

Le silence se répandit comme une onde de l'église à la périphérie de la place.

Qui a été le premier à pointer le doigt ? Qui nous a dit que c'était Romean ? Moi, je l'ai entendu. À moi, on me l'a dit. Tous le criaient.

Questions muettes dans les têtes. Muette aussi la réponse, toute concentrée dans les regards de ceux qui se tournèrent vers Folco Guy, le boulanger, et qui s'écartèrent pour le laisser passer.

Si le caractère de l'accusateur n'eût été que d'un souffle moins solide que celui de Folco, celui-là aurait probablement vacillé dans cet espace de vide et de sons capable d'éteindre toute assurance ; en revanche, s'il y eut bien un trouble, il ne réussit à monter ni aux yeux ni aux joues du meunier, ni même à sa voix, qui reprit avec fermeté :

— C'est un assassin, il faut le pendre !

La rage se nourrit de rage, la folie de folie. Si Folco avait commis l'imprudence d'expliquer ses raisons, la foule, dégonflée de sa colère, n'aurait plus été qu'une outre vide, qu'une baudruche crevée. Au contraire, ces mots, qui ne cherchaient qu'en eux-mêmes leur justification, avaient de nouveau alimenté l'incendie.

— Celui qui ose toucher un homme auquel la Sainte Église offre asile, celui-là commet un sacrilège, et un sacrilège ne reste pas impuni : il y a un siècle, le Prévôt Aimerico d'Arces brava les édits de son seigneur le Dauphin pour remettre personnellement au bourreau quatre femmes sacrilèges. Qui veut aujourd'hui éprouver la patience de notre bon Prévôt et la mienne, celle de son juge ?

Les fourches cessèrent de s'agiter, les bâtons de tournoyer. Ippolito poursuivit :

— D'ici une semaine, Colombano Romean sera jugé : que ceux qui ont des accusations contre lui les présentent au notaire Chalvet, et celui-ci les exposera à mon greffier, qui les transcrira pour l'instruction du procès. Jusque-là,

Romean sera gardé au château, et qui tentera, pour lui complaire ou pour lui nuire, de le tirer de là, aura à craindre pour sa vie.

Ippolito s'était montré convaincant, les gens repartirent à travers les ruelles, disparaissant rapidement et vidant le parvis, où ne restèrent, seuls, que le juge et son ami accusé.

Ainsi se dispersa cette foule qui avait enflé, en nombre et en excitation, le long du chemin qui conduisait des Quatre Dents au village.

Les rumeurs sur la mort d'Isoardo et des siens avaient commencé à se répandre en fin de matinée, à la suite des récits, très vite fantaisistes, des deux champiers chargés de l'enterrement. Le mot « peste » avait résonné çà et là, mêlé à ceux de « brigands », de « diables », de « sorcières », de « pauvres gens », de « haine » ; alors, on ne sait d'où, avait commencé à poindre un nom, Colombano, qui l'avait emporté sur toutes les autres hypothèses. Sur le coup de la sexte, on ne disait désormais plus autre chose que : « C'est Colombano qui a tué Isoardo et sa famille. » Sur le pourquoi et le comment, les avis étaient plus partagés, mais ce n'était pas ce qui importait à ceux qui, formant une escouade, étaient partis au pas de course vers la galerie de la Thullie, armés de la seule manière que la convention du Dauphiné permettait aux membres de la communauté, c'est-à-dire avec leurs outils de travail. Il y avait là le menuisier Aimerico, Martino le forgeron, Costante du moulin, Pietro le fils de Giovanni, Folco Guy…

Ils étaient allés droit au tunnel, sans être même effleurés, contrairement à Ippolito la veille, par l'idée que le mineur pût être mort ou parti. Et de fait, comme il l'avait dit au juge, Romean était retourné travailler, au fond de son sombre abîme. Avec une ruse de stratèges, ils s'étaient postés à l'entrée de la galerie et avaient bloqué le mécanisme du soufflet qui y envoyait de l'air : ce qui leur était tombé entre les mains avait été un Colombano cyanotique et hagard, incapable de comprendre, mais il n'était pas le seul, ce qui était en train de se passer. Ils lui avaient lié les mains derrière le dos, car le ligoter entièrement et le porter jusqu'en bas de tout son poids eût été trop malaisé, et ils avaient entamé leur cheminement vers Chiomonte. Au fur et à mesure qu'ils traversaient hameaux et alpages, le rassemblement derrière le prisonnier grossissait.

— Qui est-ce ?

— C'est Colomban.

— Pourquoi…

— … assassiné Isoard…

— Isoard de la Thullie ?

— … et Fleurette, et les moutons, tout…

— … estranglés…

— Même les brebis, étranglées ?

— Mais non, avec la pioche.

À chaque alpage, à chaque grange, la même chose.

— Qui est-ce ?

— C'est Colomban.

— Pourquoi…

À la Ramats s'étaient rassemblés ainsi tellement de gens que Colombano avait cru qu'ils allaient lui régler son compte, mais les justiciers de la première heure avaient répété que Romean serait remis aux deux consuls, qui l'enverraient devant le tribunal du Dauphin sans passer par le Prévôt.

En attendant, le cortège progressait, le prisonnier toujours à sa tête, comme s'il était déjà au pilori. Mais Colombano, qui durant le trajet avait chassé un peu les brumes de son esprit, réfléchissait au moyen de tourner en avantage cette position de tête. Son plan, élaboré dans la dernière partie de la descente, avait trouvé une occasion favorable à sa réalisation au terme de la montée suivante, qui de la Doire menait au village, et au moment même où le juge Ippolito se destinait au repos après avoir couché avec sa veuve, Colombano avait rompu ses liens qui se desserraient depuis un moment, pour s'élancer en avant avec un seul objectif : l'anneau de salut. Et il y était parvenu ; quasi aveuglé par l'effort et par la sueur qui lui coulait du front, l'estomac noué par une main invisible, la langue gonflée au point de le suffoquer, mais il y était parvenu, et les autres avaient dû s'arrêter.

## III

# *Refrain*

*'l bun Culumban (bis)*
*a porta l'éigua dal mont al pian*
*'l bun Culumban (bis)*
*a fura la pe(y)ra cun la man.* *

En quelques heures, ce que le juge Ippolito croyait avoir appris depuis trois ans sur les gens soumis à sa juridiction se révéla n'être que fumées, rien d'autre que des fumées. Équilibres, liens, passions, haines, amitiés — tout avait été bouleversé par ces quatre morts de la Thullie, et plus encore par les imputations contre Colombano. Il n'aurait jamais imaginé que Romean pût compter autant d'ennemis. Le notaire et le greffier avaient travaillé sans trêve des jours durant, l'un pour enregistrer les accusations que lui dictaient les paysans, l'autre pour les classer

* Le bon Colombano / apporte l'eau de la montagne vers la plaine. / Le bon Colombano / creuse la pierre (ou le canal) de ses mains.

selon leur objet et leur gravité. À l'accusation initiale d'homicide s'était ajouté un fatras de fautes, de transgressions, de violations des règlements communaux, des édits delphinaux, des règles de la Prévôté, ou de conventions dont personne n'avait plus souvenir. On découvrait soudain que Colombano avait tué, blessé *cum magna sanguinis effusio*, volé, creusé des canaux non autorisés sur *terrain daultruy*, détourné l'eau des moulins, éparpillé du foin ramassé *en cuchons, gerbiers, gerbes, cuches, bouliers*, sans compter les multiples fois où il avait *desrobé bois daultruy*, ou *couppé et rompu arbres daultruy,* ou pénétré dans *les hortz et jardins daultruy pour y prendre quelques fruictz.*

Jamais l'instruction d'un procès au village n'avait demandé plus de quelques heures ; d'ailleurs, les officiers de la communauté n'avaient à effectuer que des tâches de basse justice, qu'ils expédiaient le plus souvent, envoyant les champiers dresser un procès-verbal aux accusés, lesquels savaient en quelques minutes quelle amende ils devraient verser aux caisses communales et à la Prévôté.

Cette fois, ce serait bien différent : le jugement serait établi par le juge du Prévôt, enlevé ainsi tant à la Basse Cour qu'au Conseil delphinal, compétent pour les crimes les plus affreux.

Aussitôt après avoir pu éviter le lynchage, Ippolito avait écrit au Prévôt pour l'informer des nouveaux faits et de la nécessité d'un procès ; la réponse était arrivée par le même messager.

*Mon fils,*

*Malgré ton jeune âge, la vivacité d'esprit et la sagesse qui ont fait du pauvre montagnard un juge t'assisteront dans cette première épreuve d'administrateur de la justice imparfaite de ce monde. Ne souffre en aucun cas que le jugement de Colombano Romean soit confié à un autre tribunal qu'à celui que tu présides, car toi seul pourras établir avec la meilleure lucidité l'innocence de notre bon tailleur de pierres. Toi seul sais combien son ouvrage est une bénédiction pour le pays et pour nous tous : nous ne saurions permettre que les calomnies arrêtent le seul homme capable de mener à bien un tel travail, ni laisser le mal se jouer de la probité. Ceux qui accusent Romean mériteraient la roue et la tenaille, mais la Charte concédée par notre seigneur le Dauphin nous oblige à reconnaître à nos vassaux les mêmes garanties juridictionnelles que celles dont nous bénéficions : nous devrions les faire juger par leurs pairs, car leur délit ne pourrait pas être renvoyé à une autre cour, et le tribunal des vilains leur accorderait très certainement la liberté. Retrouve tes forces pour dire à tous que la mort d'Isoardo n'a pas d'autre cause que le seigle ergoté, et que Colombano ne s'est entaché d'aucun crime : telle sera ta sentence.*

*Que Notre-Seigneur Dieu te protège et te donne la force de mettre en déroute les armées de Ses ennemis.*

Un jugement préétabli, une ligne de défense déjà tracée, et, pour Ippolito, le double rôle de juge et de défenseur occulte. Mais il s'agissait maintenant de disculper Colombano non pas d'une faute, mais de cent. Inutile de réclamer au Prévôt d'autres conseils ; le message précis de la réponse indiquait clairement ce qu'il fallait faire ; Ippolito devait en trouver le moyen : il décida que toutes les accusations, celle d'homicide exceptée, seraient déclarées irrecevables sur la base de tous les documents que pourraient comporter les archives communales.

C'est ainsi que, à l'aube du quatrième jour ayant suivi la découverte des cadavres, Ippolito convoqua en sa présence, sur la place, les deux syndics de Chiomonte, le curé et le forgeron, ce dernier accompagné de son apprenti. Le petit comité ainsi constitué se dirigea vers le clocher, dont la cime pointue et élancée par rapport à la masse se découpait sur un ciel passant tout juste du bleu sombre de la nuit à l'azur d'une journée qui s'annonçait claire. Au pied du clocher s'ouvrait une porte étroite, mais si solide que le bélier des assauts d'antan n'aurait pu l'abattre. Pour la débloquer, les syndics ouvrirent un coffret que renfermait une niche abritée dans le mur de l'abside. Le forgeron, aidé par son apprenti, y prit une clef en fer si lourde que les deux hommes avaient du mal à la porter ; ils la tournèrent péniblement dans le trou de la serrure pour en déplacer avec son panneton les innombrables verrous.

S'étant acquittés de cette tâche, le forgeron et le prieur s'en allèrent, chacun retournant à ses occupations ; Leonardo Beaudia, l'un des syndics, allait les imiter.

— Leonardo, le rappela le juge, il s'agit encore d'ouvrir les armoires.

Sans avoir jamais eu accès aux archives, Ippolito savait que les documents les plus importants étaient enfermés dans des placards recouverts de lames métalliques pour protéger de la vermine le patrimoine diplomatique. Ces placards étaient munis d'une double serrure que seuls les deux syndics ensemble, chacun avec sa clef, pourraient ouvrir. Comme on le lui avait expliqué, en avait décidé ainsi, deux siècles auparavant, le judicieux Prévôt Fioccardo Berard, protecteur des arts et de la culture, qui avait attiré vers lui des bibliothécaires des abbayes les plus prestigieuses du marquisat de Saluces. Et c'est à Fioccardo, comme cause lointaine, que furent adressées les silencieuses imprécations qui effleurèrent l'esprit d'Ippolito à la brusque réaction de Beaudia.

— Il n'est pas d'usage que le représentant du Prévôt accède aux documents les plus secrets de la communauté ; on ne peut pas contrevenir aux *bonos usus, consuetudines, usagia et libertates* ratifiés par la *Transatione* de 1418.

Il avait appris sa réponse par cœur, ce rustaud, sans doute seriné par un notaire. La roue et la tenaille pour toi aussi. Mais où était donc le temps où Philippe de Rémi de Beaumanoir écrivait, peut-être avec un voile de critique, que le seigneur pouvait priver les vilains de tous leurs biens et les jeter au cachot, à tort ou à raison, sans en répondre à quiconque ? La colère du juge montait. Car on ne pouvait plus dire comme autrefois « *entre toi seigneur, et entre toi, vilain, il n'y a juge fors Dieu* ». Désormais on devait respecter leurs droits, garantir leurs libertés : la ruine ne tarderait plus.

Ippolito pensa tout cela silencieusement, serrant les poings, mais sans manifester autrement sa colère : la fin ultime, la libération en toute sécurité de Colombano, passait avant son orgueil. Chaque chose en son temps.

Il salua Leonardo et congédia de même l'autre consul, dans les yeux duquel il surprit une espèce de trouble, comme si l'attitude du premier l'avait pris au dépourvu, et qu'il cherchât à présent, par le regard, un pardon ou une explication. Cette affaire avait donc creusé dans l'opinion de profondes divisions, et certains, qui avaient vu dans la décision d'Ippolito de conduire lui-même le procès un intérêt manifeste de la Prévôté, essayaient dorénavant de lui barrer la route.

Resté seul, le juge franchit la petite porte et la referma aussitôt derrière lui. Dans la pièce voûtée du clocher ne parvenait aucune lumière extérieure. La lueur de sa lampe à huile révélait des rayons chargés de liasses de papiers, ainsi que les pierres du plafond, grandes sur les côtés, minuscules au centre, dans le jeu subtil d'imbrications formant la voûte. Au mur du fond, les armoires les plus protégées ; çà et là sur le sol, des pièges à rats, les pires ennemis des manuscrits. Dans tout le Briançonnais, à Prazlat comme à Névache, à Monestier comme à Vallouise, la Commune conservait ainsi, derrière les murs épais du clocher comme abri contre les incendies, son trésor d'actes, de conventions, de transactions, de statuts et de chartes — tout son patrimoine de liberté et d'indépendance vis-à-vis du seigneur.

Ippolito entama sa recherche des documents les mieux à même de réfuter les accusations relatives aux eaux et aux propriétés ; pour d'autres papiers, certainement mieux cachés et mieux protégés, il verrait plus tard.

Il procédait en parcourant rapidement les pages et en lisant à mi-voix le début des différents articles, comme si cela l'aidait à reconnaître une certaine pertinence à sa cause.

« … sans accord, lods ou droit, nul ne peut constituer sur ses propres biens rentes et cens… »

Cela ne lui servait à rien.

« *Item quod dicti homines de Chomontio possunt eligere et ponere champerios seu custodes…* »

Un fort beau droit que celui de pouvoir élire des champiers de la valeur de ces idiots qui avaient été chargés de la sépulture. Toujours rien d'important.

Et si au moins ils avaient été bien lisibles.

« *Pactum ex… tit quod possuint facere be… lia et acqueductum, per rem seu res domini et alt… us cuiscumque person…* »

Les moisissures et les taches d'humidité effaçaient des lettres, et le papier de ce document, rédigé l'*anno domini* MCCCXXXVI, avait la couleur et la fragilité des pétales désormais fanés de la renoncule des marais qui poussait dans les anses de la Doire, mais c'était là un des actes à ne pas négliger, et Ippolito le mit de côté : d'autres attendaient d'être examinés.

« … et tous peuvent prendre de l'eau dite Jaffoir (allez savoir de quelle eau magique il s'agissait, il n'en avait jamais entendu parler) mais ils doivent la remettre en lieu et place dès la nuit, à l'heure des complies. »

Utile ? Inutile ?

« Item ont ordonné que quiconque voulant rompre pierres et faire lauses en poissession daultruy jl le puisse fere et luy soit loysible de fere jmpuniement… le dommage a celluy a quy pour jl sera donné a tauxe de probes… »

Bien, personne encore n'avait pensé à accuser Colombano d'avoir rompu des pierres sur un terrain privé (ils n'auraient jamais eu l'idée de formuler une accusation véridique), ni d'avoir fait des lauzes d'ardoise, mais, le cas échant, il savait à présent que la question pouvait être réglée avec une amende établie par les *probi viri*.

« Quiconque en Chaumont, homme ou femme, peut fere marriage sans auctorizacion du seigneur… »

Oublier la tonsure et épouser Margherita ? Jamais. Une femme plus jeune, à la rigueur.

« Les vassaux sont exemptés de toute taxe ou impôt quelle qu'en soit la cause, à l'exception de la somme de soixante sous de monnaie censuelle à payer pour la généralité des habitants, chaque année à la fête de saint André… »

Celle-là, tout le monde s'en souvenait, en particulier le début.

Ippolito examina toutes sortes d'actes et de règlements, notant de loin en loin une information sur son calepin. Il entendit sonner sexte, il entendit sonner none ; lorsque le clocher fit retentir les vêpres, il avait en main tous les papiers pour réfuter toutes les accusations générales lancées contre Colombano. Dans ce fatras de documents cependant, aucun ne concernait directement Romean, ce qui le surprit, car il s'agissait tout au plus de contrats privés, qui n'étaient pas secrets au point d'être occultés. Et Colombano n'était pas assez naïf pour entreprendre un ouvrage comme le sien sans en avoir légalement établi les termes. Où étaient donc ces documents relatifs à l'aqueduc de la Thullie ?

Il reprit une recherche méticuleuse parmi les papiers qu'il avait d'abord écartés.

Les complies avaient sonné depuis un moment, lorsque le juge se convainquit que, s'il existait quelque chose, c'était nécessairement dans l'une des deux armoires que Leonardo Beaudia n'avait pas voulu lui ouvrir. Approchant sa lampe, il en explora les moindres détails. Les portes étaient recouvertes de poussière, signe qu'on ne rédigeait pas d'actes importants depuis un moment ; mais dans la saleté de l'une d'elles, en haut, se découpait l'empreinte d'une main : on avait essayé de la forcer, vu que la couche de poussière était uniforme sur les deux serrures. Une tentative maladroite et probablement vaine, mais qui indiquait que c'était là qu'il devait concentrer ses efforts.

Ippolito examina la serrure. Elle était vieille, rudimentaire : dans d'autres terres du Dauphiné, là où s'exerçait davantage l'influence des maîtres artisans de Genève, on aurait ri de systèmes aussi sommaires ; mais ici, aux marges extrêmes des possessions des comtes d'Albon autrefois, c'était ce qu'on savait faire de mieux, du moins dans le domaine des petits mécanismes. La fermeture n'était rien d'autre qu'un sautoir, une petite tige de fer fixée sur la porte de droite, et qu'un demi-tour d'une clef longue et adéquatement découpée levait afin de libérer un crochet placé sur la porte de gauche. Pour ouvrir les deux serrures, un simple crochet suffisait donc, pourvu qu'il soit fin, très fin ; car si le *serrurier* n'avait pas élaboré un dispositif très ingénieux, il s'était davantage appliqué à réduire le jeu des panneaux par rapport au meuble.

Mais où trouver un crochet ?

Il regarda autour de lui : en trouver un dans la salle des archives relèverait du miracle. Et, de fait, il ne trouva rien.

Il sortit, il faisait nuit ; une vraie nuit, sans lune ; sa lampe créait un halo lumineux autour de lui ; au-delà, le néant. Il chercha le long du mur du clocher, au cas où la Fortune aurait décidé de semer le pré tout autour de lames métalliques, de clous longs et fins, de joncs. La Fortune était ailleurs. Il savait que sa recherche n'avait rien de logique, mais il ne renonça pas à regarder encore dans le clocher. La porte d'accès à la tour s'ouvrait au-dessus de la pièce voûtée, et l'on y parvenait par quelques marches de pierre ; elle ne devait pas être fermée à clef, au cas où il faudrait sonner le tocsin : incendies, brigands, soldats, éboulements, inondations... À l'intérieur, la faible lueur de la lampe ne révéla rien d'exploitable. Ippolito gravit les premières marches de l'escalier de bois raide qui, par une succession de rampes et de paliers, menait à la cage des cloches. Le bruit des planches sous ses pieds lui parut bizarre ; il entendait à chaque pas une sorte de grincement démultiplié. Il pensa à l'écho, s'arrêta, toussa une fois : aucun résonnement. Il reprit son ascension et entendit de nouveau sous ses pieds et ailleurs, plus haut, le gémissement de l'escalier piétiné. Il saisit sa dague et en cogna le mur ; un son aigu retentit, mais sans écho. Seul l'escalier produisait cet effet : quelqu'un, sur les rampes supérieures, progressait au même rythme que lui pour dissimuler sa présence. Il s'arrêta de nouveau, puis recommença brusquement à monter ; l'autre en fut désorienté et, abandonnant toute précaution, entama une fuite précipitée : la poursuite s'engagea.

Au premier palier, le juge se débarrassa de sa lampe pour être plus à l'aise. Les deux hommes dévorèrent les escaliers en courant ; des pieds, des mains, rampes, paliers, rampes, paliers, obscurité, crainte de tomber, rampes, paliers, glissades, douleur, fatigue, marches, rampes, halètement, obscurité, vent dans les meurtrières, obscurité, enfin un grincement, un coup sec, un battement : une porte, celle qui communiquait avec l'église, avait englouti le fugitif et en protégeait à présent la retraite, fermée par un verrou.

Ippolito retourna sur ses pas, partagé entre découragement et satisfaction. Certes, quelqu'un l'espionnait, peut-être en voulait-il à sa vie, et ce quelqu'un, ce maudit Leonardo, lui avait échappé ; mais cela signifiait que fouiller les archives était le bon choix.

Tout cet émoi avait dissipé en lui la sensation de torpeur qui avait failli l'abattre tout à l'heure. Il se faufila de nouveau dans la pièce voûtée, résolu à ouvrir par tous les moyens l'armoire aux secrets.

Il aurait fallu la présence de Bertrand de la

Tour du Puy. Comment oublier l'habileté de ce jeune noble scélérat, qui avait, un soir comme celui-ci, avec lui et les autres clercs, crocheté le coffre-fort de l'Université de Grenoble. Personne, sauf Ippolito peut-être, ne l'avait fait pour l'argent ; c'était seulement pour imiter un autre clerc, leur maître à tous, ce François dit Villon, qui s'était gagné une condamnation à mort et un exil à perpétuité pour avoir dévalisé le Collège de Navarre. Mais le trésor de la pauvre Université delphinale était bien plus maigre, ou alors simplement caché ailleurs : le butin ne suffit pas pour payer une tournée à la Table-Ronde, et la découverte du vol ne fut suivie ni de condamnations, ni d'un scandale, car les nobles familles des écoliers remboursèrent généreusement l'Université en échange de sa discrétion. Comment Bertrand s'y serait-il pris ?

Comme inspiré par le souvenir de son ami, le juge tira un fil de laine écrue de sa robe et le noua à une extrémité en manière de boucle. Le fil s'insérait parfaitement dans la fente entre la porte et le corps du meuble, mais de là à accrocher la tige du sautoir, rien n'était gagné. Manœuvrée à l'aveuglette, la boucle se fermait, se pliait, frôlait son objectif et le manquait ; il fallait lui donner de la rigidité.

Que ce soit par un instinct de voleur, peut-être de nécessité, ou par une inspiration soudaine,

Ippolito eut la bonne idée. Il prit une des bougies qu'il avait apportées, l'alluma et en fit couler la cire sur l'ovale du fil placé sur la table : la boucle était cette fois assez rigide pour s'engager facilement sur la tige. Mais la facilité est un mot qui appartient à l'hypothèse et au virtuel, non à la réalité : lorsque le premier sautoir fut levé, la bougie, restée allumée pour favoriser l'effraction, était plus qu'à demi consumée.

La première serrure ouverte, la seconde céda plus vite, et les deux portes furent enfin débloquées : il suffisait dès lors de déplacer la plaque métallique rigoureusement encastrée dans le vantail du meuble. Mais justement là, entre les portes et la plaque, Ippolito aperçut des feuillets que quelqu'un avait dû glisser par le haut, sans pouvoir ouvrir l'armoire, seulement en la forçant un peu : voilà d'où venait l'empreinte de main qu'il avait vue tout à l'heure.

Le juge ne sut jamais s'il s'était agi d'une vraie prémonition, ou seulement d'un reflet de ses espérances, mais, avant de déplier ces papiers, il en connaissait le contenu : *Conventio facture aqueducti de Tulliis inter habitantes de Celsis et Ramatis cum Colombano Romiani.*

Il lut.

*In nomine domini amen. Anno eiusdem domini millesimo quingentesimo vigesimo sexto inditione decima quarta et dei…*

Il dut reprendre du début ; à cette heure de la nuit, après une journée entière passée à suivre de faibles traces d'encre, son esprit vagabondait ailleurs, le long des montagnes ou le long des flancs de Margherita, indifféremment, et il était difficile de le ramener à l'exercice de la lecture en latin.

Il reprit, se traduisant mentalement le texte.

*... L'année du Seigneur mille cinq cent vingt-six, indiction quatorzième et le vingtième jour du mois d'octobre. Qu'on sache que les hommes et habitants des Ramats infranommés en leur nom et pour d'autres, tant des Ramats que de Chiomonte pour une part, et pareillement les habitants de Cels, paroisse d'Exilles, infranommés et ici présents pour une autre part, ont convenu avec Colombano, fils de feu Giovanni Romean, natif de la Ramats et demeurant à Saint-Gilles, diocèse de Nîmes, ici présents et acceptant pour eux et leur famille, de forer ou de poursuivre le forage ou aqueduc déjà commencé vers les Chapls aux limites d'Exilles au-dessus des Ramats, et Albournet au-dessous.*

*Premièrement, Colombano, en son nom et au nom des siens, a promis aux Commanditaires et à moi notaire en tant que personne publique stipulant pour eux ou pour les absents de terminer le forage déjà commencé le plus tôt possible, de la façon dont il a été commencé, de sorte qu'une partie de l'eau s'écoule du mont de Touillies vers Albornet de Cels, et l'autre moitié vers les Ramats au profit des habitants de ces mêmes Ramats, tout ceci à charge dudit Colombano et à ses propres frais, à l'exception de ce qui suit…*

Ippolito parcourut rapidement les paragraphes suivants.

*… unum sestarium boni et sufficientis vini… unam heminam siliginis pro singulo mense…*

*… instrumenta necessaria ad ipsum opus… mathora, massas, pichos, paliferros aliaque universa ferramenta…*

Vin, seigle, marteaux, pics et divers outils lui seraient donc fournis par les deux communautés, mais les pointes et l'aiguisage, spécifiait-on plus loin, étaient à la charge de Romean.

Rien d'extraordinaire pour l'instant.

*… si Colombano devait interrompre son travail par défaut de lumière, de vivres, d'outils, ou d'autres fournitures des commanditaires, ceux-ci seraient tenus de le rembourser, pareillement si le travail est interrompu, ou que quelque chose est perdu par défaut ou faute de Colombano, ce dernier sera tenu à la restitution…*

*… lesdits commanditaires de Cels pour une part, ceux de la Ramats d'autre part devront*

*payer audit Colombano cinq florins de la monnaie en usage, chacun desquels valant douze sous, pour chaque toise dudit aqueduc… une fois l'ouvrage fait… deux cent vingt setiers de seigle, cent d'avoine, quarante de châtaignes et de noix… cent setiers de bons vins de qualité par an.*

Voilà la rente dont on parlait tant !

*Si Colombano ne pouvait pas, par incapacité, défaut, empêchements propres ou causés par d'autres, porter à son terme ledit ouvrage, ou s'il était forcé, du fait d'une maladie, d'une infirmité ou autre, de suspendre le creusement pour plus de deux mois, en dehors de la saison d'hiver et d'autres périodes de neige et de rigueurs exceptionnelles, il devrait restituer aux commanditaires huit florins de la monnaie en usage pour chaque toise déjà payée, et vingt florins pour chaque toise d'aqueduc qui, selon l'avis d'hommes sages désintéressés et impartiaux, resterait encore à creuser.*

Qu'y avait-il à cacher dans un document dont les termes, grosso modo, étaient connus de tous ?

À la vérité, il n'était pas caché, mais seulement soustrait à son regard de juge du Prévôt. Quelqu'un, en toute hâte, l'avait déplacé des archives externes, auxquelles personne ne pouvait lui interdire l'accès, à cette espèce de tabernacle laïque. Quant à l'identité de ce quelqu'un, aucun doute : Leonardo Beaudia. Dans une pièce où ne pouvaient entrer que les syndics et les officiers de la Prévôté, un syndic était entré, un syndic tout seul, car à deux ils auraient ouvert l'armoire pour y ranger soigneusement la transaction, sans la dissimuler naïvement juste derrière les portes.

Les hypothèses fusèrent dans son esprit.

Il existait un complot pour arrêter le travail de Colombano, et Leonardo Beaudia était l'un des comploteurs. Certaines personnes liées par l'association commençaient sans doute à trouver ce contrat un peu trop onéreux. On s'attendait peut-être à une galerie plus courte, et voilà que, à cinq florins la toise, chaque empan arraché à la montagne contribuait à vider les poches. Mais d'autres se disaient que ces sacrifices leur vaudraient davantage de lait, de tommes, de bêtes, de richesse. Une sourde lutte s'était engagée.

Ippolito imagina des réunions secrètes et orageuses.

— En fait d'eau et d'abondance, il nous sucera jusqu'à la moelle !

— Mais nous aurons de riches pâturages, rien que de l'herbe grasse, et de l'avoine…

— ... et les vignes, imaginez-les, si belles au soleil ; avec de l'eau et du soleil, vous allez voir ce vin !

— C'est un travail sans fin : tu creuses d'un côté, et la montagne te jette de la terre de l'autre.

— Si 'l matin tu creuses la peyra, la montagna la va remplir la seira.

— Non, ce qu'il y a, c'est que Colombano est un tricheur, il nous trompe sur la longueur.

— C'est faux, nous l'avons tous mesurée avec le notaire, que ça a même été une sacrée fatigue pour le monter là-haut, c'est vraiment comme il le dit.

— Il faut abandonner ce trou. Si le Seigneur Dieu avait voulu nous donner de l'eau, il l'aurait creusée lui-même, la montagne...

— ... et puis, sous terre, ce n'est pas la place du Seigneur Dieu, c'est la place du diable, et Colombano a pactisé avec le diable.

— Oui, c'est Satan qui ajoute toujours de nouveaux rochers, Romean lui a vendu son âme, et l'autre élargit la montagne pour l'enrichir à nos dépens.

— Allons donc, vous racontez des histoires. Le diable, un pacte... Le pacte, il l'a passé avec nous, et nous devons le respecter, nous avons juré.

Assurément, selon l'usage, ils avaient tous juré *supra sancta Dei evangelia corporaliter libro tacto.*

Ne s'accordant pas pour interrompre l'ouvrage, voilà de quoi empêcher Colombano : une belle accusation d'homicide et, pour faire bon poids, tous les autres délits encore. Mais les zélés persécuteurs en ont trop fait, et peut-être comptent-ils parmi eux un imbécile qui a accusé Romean d'avoir fait quelque chose que prévoit la transaction. Alors il vaut mieux que celle-ci ne tombe pas sous les yeux du juge, car il serait par ailleurs ennuyeux que ce dernier rapproche les noms des principaux accusateurs de ceux des signataires. Mais il ne faut surtout pas détruire le contrat, car si jamais Colombano était innocenté, on pourrait le brandir et faire jouer la clause de la suspension des travaux pour plus de deux mois.

Cependant, étant donné que le document avait finalement échoué dans ses mains, autant noter les noms des associés pour repérer lesquels, parmi eux, appartenaient au rang serré des accusateurs.

*Nomina pareriorum de Celsis sunt hec : Guillelmus Bernardi, Petrus Bernardi, Johannes Pasqualis, Anthonius Bernardi, Alsiatus Coste, Jacobus Vasoni, Columbanus Johannoni, Johannes Grandis, Bartholomeus Sale.*

*Nomina pareriorum de Ramatis: Vincentius Jallini del Villa, Johannes Luc, Johannes Beaudia filius et procurator Jacobi sui patrui, Jacobus de Lionardo Beaudia, Simion Blaxii, Leonardus Beaudia, Columbanus Jallini, Anthonius Jallini, Michael Blaxii, Martinus Richardi, Anthonius de Jacopo Richardi, Johannes Richardi, Ludovicus Johannoni pro se et Michaele Romeani.*

Ippolito recopia ensuite sur son calepin les passages essentiels d'un document trouvé en même temps que le premier, la *Concessio acqueductus habitantibus de Ramatis per Comunitatem Exilliarum acque de monte de Tulliis,* rédigée l'*Anno domini millesimo quingentesimo quarto indictione septima cum eodem anno sumpta, et dei tertia mensis octobris*, dans laquelle déjà, vingt-deux ans avant que les travaux ne soient confiés à Colombano, on prévoyait de *montem perforare in dicto monte de Tulliis.*

À présent, le juge avait le cœur plus léger, une partie des angoissantes questions de ces derniers jours étant dissipées. Il savait désormais pourquoi, et de quelle manière, et quand, où, par la volonté de qui, autant d'ennemis du tailleur de pierres avaient dressé la tête, comme le faisaient, à la naissance du jour, ces nouvelles plantes que beaucoup appelaient tournesols.

Bientôt cependant lui viendrait un autre doute, plus fort et plus inquiétant que tous les précédents : les conspirateurs avaient-ils simplement profité des funestes effets du seigle ergoté (ou de qui sait quelle autre diablerie), ou bien étaient-ils eux-mêmes à l'origine de ces morts ? Mais à ce moment-là, une telle question, qui lui viendrait à l'esprit à son réveil, n'effleura pas sa sérénité retrouvée.

Au moyen d'une goutte de cire encore, il fixa en position ouverte les deux sautoirs de l'armoire, puis, refermant violemment la porte gauche, il les fit tomber tous les deux dans leurs crochets, avant de glisser les papiers là où il les avait trouvés.

Il sortit du clocher et ferma la porte des archives communales en tournant dans une des serrures la seule clef qu'il lui était donné de posséder ; l'autre, la cyclopéenne, resta là, en attendant de regagner, le lendemain, le coffret dont les syndics avaient la garde.

La nuit arrivait à son terme, mais on n'apercevait aucune trace encore de l'aube ; bien que le vent eût balayé tous les nuages, le ciel restait noir, piqueté seulement ici ou là de lumières lointaines. Ippolito traversa un village sans vie, où les maisons auraient pu être des rochers ; il arriva à ce qu'on appelait pompeusement le château, et se plongea d'épuisement dans son lit pour un sommeil de plomb.

## IV

## *Troisième strophe*

*Anans al güdise*
*a j'è tüt 'l pais*
*(texte manquant. La chanteuse*
*remplaçait les paroles oubliées*
*par un chantonnement lèvres fermées).* *

Au premier jour de l'audience, on se serait cru à la foire d'Oulx. Les gens étaient descendus des Ramats, de Cels, d'Exilles. En habits de fête, rubans et volants, mais aussi en simples tenues de berger. Certains, pour l'occasion, avaient apporté tommes et volailles pour les vendre. D'autres avaient emmené leur aîné, car dans ce genre de situation il y a toujours à apprendre. Rares étaient ceux qui connaissaient exactement les faits, mais tous espéraient un procès spectaculaire, comme la fois, disaient les anciens, où était arrivé de Rome Alberto Cattaneo pour étriller ces fils de Satan qui s'attaquaient

* Devant le juge / se trouve tout le village (il manque la suite).

aux églises. Même si ce n'était pas vraiment des fils de Satan, ils s'en souvenaient bien. Il y avait là les Lantelme de Prazlat, les Vilhot et même les Passet ; tous des paysans, tous de braves gens. Le fait est que Cattaneo, Satan ou pas, s'intéressait à l'argent. Or, pour ces pauvres gens, les vieux le savaient bien, il n'avait pas suffi de dire qu'ils étaient de bons chrétiens ; ils avaient dû vendre leurs bêtes et leurs champs et payer. Était-ce pour cette raison, ou pas, qu'au moment même où il franchissait le col des Finestre, Alberto Cattaneo avait été atteint et blessé par une chute de pierres, de celles qui se détachent, tantôt naturellement, tantôt par intervention humaine ? Mais sur ce point, si les vieux savaient, ils se taisaient. Ce qu'il y a de sûr, c'est que, à cause de cet accident, le terrible Cattaneo ne vint pas cette fois à Chiomonte avec toute la force dévastatrice de son office et de son tempérament.

— Qui va-t-on pendre ? demandaient ceux qui venaient d'ailleurs.

— Pendre, pendre, il faut d'abord que le juge le décide.

— On va le pendre, vous verrez, les juges décident toujours ça.

— À moins qu'on ne le brûle…

— Mais non, ce n'est pas un hérétique, c'est un chrétien qui a tué d'autres chrétiens.

— Bon, mais savez-vous qui c'est ?

— C'est Colombano Romean, le tailleur de pierres des Ramats.

— Il n'est pas des Ramats, c'est un étranger.

— Il vient de Provenço, mais il est né aux Ramats, je me souviens de sa pauvre mère, la Margaritun.

— Il aurait dû rester en Provenço, au lieu de venir ici assassiner les gens.

— Il n'a tué personne, et si le juge a un minimum de conscience, il doit le libérer, ce pauvre diable.

— Comment ça, le libérer ?

— Qui dit qu'il est innocent ?

Des groupes de ceux qui venaient de plus loin s'élevaient des voix inquiètes. Tout ce chemin pour voir un pendu, et voilà qu'on risquait d'assister à un acquittement.

Même le gibet n'était pas prêt ; mais, pour cela, il suffit de peu : un noyer, une corde, et voilà.

De tout ce brouhaha de questions, réponses, conjectures, ne parvenait à Ippolito encore enfermé dans ses appartements qu'une rumeur lointaine. Cependant, c'était comme s'il les entendait une à une : il suffisait à un juge de quelques années d'expérience pour comprendre combien forte était l'envie de voir exécuter quelqu'un. En saisir les raisons était plus difficile. Pourquoi des gens qui voient chaque jour enfants et vieillards mourir de faim, des hommes robustes emportés par la peste, la variole ou la morsure de vipère, des mères et des femmes terrassées par les fièvres tierces et quartes — pourquoi tous ces gens éprouvent-ils encore le besoin de contempler quelqu'un de pendu à un arbre, d'entendre résonner, mal marmottées, les strophes d'une ballade des pendus ? Ou alors était-ce cette récolte sans discernement et sans logique de la noire Faucheuse qui suscitait une telle passion pour la potence ? Car la mort à l'échafaud, revêtue d'une justice vraie ou simulée, est une mort sensée, autant réfléchie que nécessaire. Juge et bourreau, concluait Ippolito, donnent un sens public et civil à la mort même.

Mais en pénétrant dans la grand-salle qu'abritait le château, l'assistance comprenait immédiatement que ses désirs cette fois ne seraient pas satisfaits, du moins pas selon la procédure expéditive habituelle. Ce qui frappait, ce qui laissait présager des longueurs, c'était le caractère grandiose de l'apparat. Pour son premier grand procès, Chiomonte avait soigné chaque détail pour démontrer à tous que, bien que terre frontalière, à l'extrême limite du Dauphiné, elle était en mesure d'accueillir un tribunal digne de la capitale. De fait, c'est précisément dans la capitale, à Grenoble, qu'aurait dû se tenir un procès de cette importance, mais l'irrationnel lacis de règles, de coutumes, de principes avait permis à Ippolito de se conformer sans difficulté à la volonté du Prévôt : *Ne souffre en aucun cas que le jugement de Colombano Romean soit confié à un autre Tribunal que celui que tu présides, car toi seul pourras établir avec la meilleure lucidité l'innocence de notre bon tailleur de pierres.* S'il est vrai que la haute justice revenait sans l'ombre d'un doute au Conseil delphinal, d'un autre côté il y avait la question de l'anneau de salut : Colombano, dans sa fuite éperdue, l'avait saisi entre ses mains, ce qui lui donnait le droit d'être soumis à un jugement ecclésiastique, et non civil. Comme juge du feudataire, Ippolito ne devrait s'occuper que de moyenne justice, mais en tant qu'homme d'église et que représentant de la Prévôté dans sa fonction spirituelle prédominante, il pouvait s'attribuer le jugement sur Colombano, quand bien même l'accusation fût celle d'homicide.

Le public bruyant se taisait en entrant dans les magasins du château, vidés pour la circonstance : une grande table de chêne, descendue des salles supérieures, semblait devoir accueillir plus de papiers que ne pouvait l'imaginer la population ; sur les sièges des juges et des avocats étaient disposés d'épais coussins afin de rendre moins désagréable aux magistrats une séance qui s'annonçait forcément longue ; seul le tabouret de l'accusé restait de bois nu, que ni plumes ni brocarts n'auraient rendu plus confortable ou plus désirable. Malgré l'austérité d'une salle aux murs dépouillés, découpée par des diagonales de lumière tombant des hautes meurtrières, on éprouvait une impression de solennité, comme si l'on avait vraiment voulu donner de la valeur à la vie de l'homme qu'on allait juger, et donc de la valeur au jugement même.

Durant les deux semaines qui s'étaient écoulées entre la formulation des accusations et l'ouverture du procès, Ippolito avait pu réfléchir et régler toutes choses, de sorte que les vilains qui accusaient Romean puissent éprouver, vis-à-vis du juge et de l'autorité prévôtale, crainte et respect ; on pourrait ainsi plus facilement faire triompher la justice, c'est-à-dire affirmer la volonté du Prévôt. Que les deux coïncident, Ippolito en était désormais convaincu ; même s'il avait suspecté un seul instant le tailleur de pierres, la floraison d'accusations contre lui l'avaient conduit à l'évidence d'une conjuration. C'était sûr : Colombano était innocent et, à l'aide de tous les documents qu'il avait rassemblés, il le démontrerait sans difficulté.

Les gens s'entassaient, debout, comblant chaque espace à partir des lieux les plus proches de l'accusé, et la grand-salle, où ne s'était pas encore dissipée l'odeur âcre des fromages et de la viande séchée, s'emplissait à présent d'effluves de corps suants, plus habitués au fumier qu'à l'eau. Une grosse corde tendue entre deux murs séparait les acteurs des spectateurs, mais tandis que ces derniers remplissaient rapidement le lieu mis à leur disposition, les premiers, vrais protagonistes du jour, avaient fait habilement augmenter l'attente.

Ippolito entra dans la salle au milieu d'un murmure de plus en plus sonore, qui cessa brusquement dès qu'il eut gagné son siège. Défilèrent alors, selon un rituel inhabituel inventé pour l'occasion, le secrétaire, les avocats qui prirent place sur un long banc adossé au mur, et enfin Colombano, incapable de comprendre et d'exprimer une autre émotion que son désarroi. Ses yeux, qui cherchaient des visages amis, restèrent écarquillés devant cette accumulation confuse de dizaines et de dizaines de figures inconnues, et, comme perdant conscience, il se laissa tomber sur le tabouret.

Comme le prévoyaient les plans rigoureux d'Ippolito, les accusations furent examinées selon leur degré de gravité.

La première à déposer fut Maria, la veuve de Julius Berardi, que tous appelaient la Maria Neigra, à cause de la couleur de sa robe de deuil, qu'elle avait revêtue à l'âge de vingt ans pour ne plus la quitter.

— Maria, de quoi accuses-tu le dénommé Colombano Romiani ici présent ?

— Je l'excuse vraiment pas, celui-là, je lui trouve des fautes, car je lui ai donné deux boisseaux de seigle, l'année dernière, et il doit encore me donner les sous, bien que j'y aie réclamés très souvent quand il passait devant chez moi, et il me les a jamais donnés, que…

— Où est sise ta maison ? l'interrompit Ippolito.

Maria resta bouche bée, la parole morte à ses lèvres, sans comprendre.

— Je t'ai demandé où tu habites, Maria !

— Je suis de la Ramats, tout le monde le sait, et le tailleur de pierres passe devant chez moi quand il monte creuser son trou.

— Est-il vrai, Colombano, que tu as reçu deux boisseaux de seigle de Maria Neigra, et que tu ne les lui as pas payés ?

— C'est vrai, mais on me les devait, car la communauté n'avait pas payé ce pauvre Isoardo pour ma nourriture, et moi j'avais honte d'aller à sa table.

— Alors il fallait le réclamer aux syndics, ton seigle, et pas à une pauvre vieille ! hurla Maria de sa voix stridente.

Ippolito ne perdit pas son calme.

— Maria Neigra, veux-tu nous dire ton véritable nom de famille ?

— Maria d'Alziato Blaxi, veuve de Giulio Bernardi.

— Tu es donc la sœur de Michael Blaxi, mort il y a trois ans de cela. Or, comme le mort n'avait pas d'enfants, ni de femme, ni d'autres parents en vie, c'est toi qui as hérité de tous ses biens, de tous ses droits et de toutes ses obligations.

Les longues heures que le juge avait passées dans les archives communales donnaient leur fruit.

— Or, ne sais-tu pas que ton frère était de ceux qui avaient garanti à Romean — il lut dans son calepin — un setier de bon vin ordinaire et un boisseau de bon seigle ordinaire chaque mois passé seul à travailler ?

C'est à ce moment-là que Leonardo Beaudia maudit sa naïveté d'avoir caché aussi gauchement les documents dans l'armoire ; son jeu, leur jeu, avait été découvert, ou du moins celui qui ne devait pas savoir savait qu'il y avait un jeu. Depuis sa position anonyme au milieu du public, le syndic leva les yeux vers la table et croisa le regard rieur et narquois d'Ippolito pointé sur lui. Il fit mentalement le compte du nombre d'accusations qui seraient détruites de la même manière, et se résigna à recevoir autant de flèches des pupilles du juge ; mais sa peine, ainsi exactement calculée, fut brusquement accrue par l'impétuosité de Turin, fils de Maria Neigra, qui avait accompagné sa mère pour la déposition.

— Qui le dit, grogna de rage Turin en venant se camper devant la table, qui le dit que Michele avait promis quelque chose à ce salaud, notre famille s'est toujours tenue à l'écart de cet étranger.

La défiance de Turin envers les étrangers avait toujours été aveugle et violente, comme lorsqu'il avait agressé à coups de poing et de pied un pèlerin qui étanchait sa soif à son abreuvoir. On disait qu'il haïssait les étrangers parce qu'il était bâtard, fils d'un homme de passage, d'un grand marchand de France, d'un officier, ou, plus probablement, d'un colporteur quelconque. Or, Colombano était suffisamment étranger pour mériter toute sa haine.

— Rappelle-toi qui je suis et qui je représente, Turin, sinon une bonne corde t'attend. (La voix d'Ippolito était devenue dure.) La charge de fournir de la nourriture à Colombano Romean, Michele Blaxi l'avait prise en même temps que les autres dans un document certifié par le notaire, qui écrit : « Moi, Francesco Rostollan, notaire Royal Delphinal de Chiomonte, commissaire et gardien des instruments reçus de feu et de bonne mémoire Giovanni Rostollan, mon père, ai ici notarialement signé par le signe que j'ai accoutumé d'user en de telles circonstances, en gage de vérité. » Y aurait-il ici quelqu'un pour mettre en doute la parole du notaire Rostollan ?

Le syndic Beaudia eut l'impression de recevoir un coup de poignard dans le ventre : immobile, armé d'un regard plus coupant qu'une épée de Tolède, Francesco Rostollan le fixait comme l'avait fixé tout à l'heure le juge, mais avec une nuance de mépris et de peur mêlés dans les yeux, tandis que Beaudia donnait à son visage une grimace d'excuse.

Triomphant, Ippolito épiait les deux hommes, sûr d'avoir fait sortir à découvert, par la prolixité de cette déclaration d'authenticité, le notaire qui avait suggéré à Beaudia le querelleur de cacher le cahier des charges. Le cacher était une bonne idée, même de le soustraire au juge, mais avec plus de malice, bon sang, avec plus de malice. Pauvre Francesco Rostollan, fils de feu et de bonne mémoire Giovanni Rostollan !

Ippolito s'adressa de nouveau à Maria.

— De ton frère Michele, tu n'as pas hérité seulement des prés d'Aumunt, mais également des obligations qu'il avait contractées, y compris celle de fournir, en même temps que les autres commanditaires, de la nourriture à Colombano Romean : je décide donc que la communauté paie Maria, veuve de Julius Bernardi, pour les boisseaux de seigle qu'elle a remis au dénommé Columbanus Romiani, et demanderai aux syndics de veiller au bon et prompt respect de cette décision.

Maria Neigra se releva en bénissant le juge, totalement inconsciente de l'échec complet de son action, soutenue par le bras de Turin, au regard rageur, à la mâchoire tendue de chien attaché.

À tour de rôle, d'autres personnes soudoyées vomirent leurs dénonciations maladroitement préparées. Ippolito les écoutait, mais d'une oreille distraite.

— Colomban a fait tomber les pierres del mur del me hort…

— … je l'ai vu de mes yeux desrober pomi et poires…

— … et rouler des peyres pour détourner l'eau et assécher le pré du prieur…

Le juge rejetait les accusations en citant des règlements communaux et des articles de la *Transaction* de 1418, et prescrivait des peines légères et des amendes dérisoires là où les lois et les coutumes ne disculpaient pas complètement Colombano. Mais le juge pensait à tout autre chose, à la diversité des persécuteurs du tailleur de pierres. Il y avait eu les excités de la première heure ; puis le défilé des accusateurs devant la table du notaire Chalvet, et finalement arrivaient ceux qui, le haïssant plus ou moins tacitement, et mettant en œuvre tous les artifices, jouaient sur les documents et sur les mécanismes du procès pour le voir condamné.

— Colombano m'a dérobé une meule entière de foin… non, c'était peut-être pas une meule, c'était une gerbe… oui, c'était Colombano, j'en suis sûr, sans doute…

— … et tous les œufs qu'il s'est mangés, celui-là ; il prend en cachette des œufs et des poules, que c'est pas un chrétien, c'est une fouine.

Le greffier écrivait, Ippolito acquiesçait, réfutait, disculpait, et même, tandis qu'il prescrivait l'article treize des Statuts communaux, il décidait que *le malfacteur e delinquent demeures a la misericorde du Seigneur*. Mais son esprit était ailleurs, sur cette feuille où il avait noté, sur trois colonnes, les noms des ennemis du tailleur de pierres. Certains figuraient dans les trois colonnes, comme Folco Guy, qui l'avait attrapé, dénoncé pour homicide, et qui avait tout fait pour que l'accusé soit jugé par la cour delphinale.

D'autres, qui ne figuraient que dans la deuxième colonne, n'étaient que des marionnettes manipulées, porteurs d'accusations ridicules manœuvrées par les noms de la troisième colonne ; des noms de notables, de gens qui comptaient, des Beaudia et des Rostollan. Mais il y avait encore ceux qui, après la première tempête, semblaient avoir perdu toute acrimonie et tout intérêt vis-à-vis de Romean : qu'était-il advenu de la colère furieuse du meunier Costante et d'Aimerico le menuisier ? S'était-elle éteinte ? ou avait-elle seulement choisi comme vecteur la face bestiale de Turin ? ou peut-être couvait-elle sous la cendre ?

— … il doit payer l'huile des lampes… et l'outillage, et le charbon…

La litanie des témoins à charge continuait, la stratégie d'Ippolito ne variait pas.

Soudain, Leonardo Beaudia commença à fendre la foule de la salle et, atteignant la corde qui délimitait l'espace du public, il demanda la parole. Pouvait-il le faire ? non ? Voilà qu'Ippolito se perdait dans les règlements. Il décida de le laisser parler, ce qui au moins obligerait l'autre à se découvrir.

— Votre Seigneurie, dit Beaudia en s'adressant au juge, a aujourd'hui relaxé plusieurs fois l'accusé Columbanus Romiani, en disant qu'il était dans son droit, selon la *Transaction* avec notre seigneur le Prévôt, à savoir qu'il n'y avait là aucune faute, les statuts de la Commune le voulant ainsi ; Votre Seigneurie a traité Colombano Romean comme un Chiomontais, mais Romean est étranger, et n'a donc pas les droits d'un Chiomontais.

— J'ai une maison ici depuis neuf ans, se dressa Colombano, je suis ou je ne suis pas un membre de la communauté ?

— Tu l'as payée, peut-être, la taxe pour y être intégré ?

— Je suis natif de la Ramats, je suis vassal du Prévôt d'Oulx depuis toujours ; elle ment, la bouche qui dit le contraire !

— Votre Seigneurie le sait bien, être né ici compte peu ; ce qui compte, c'est la façon dont on est né, et les Romean étaient des *manants*, non des *homines burgenses* ; en allant en Provence, ils ont tout perdu, leurs biens et leurs droits communautaires ; à présent, Colombano est un étranger.

La voix était celle du syndic, mais les mots venaient du notaire Rostollan ; même dans la confusion du procès, ces deux-là avaient élaboré une stratégie, ou peut-être s'agissait-il là d'une manœuvre de réserve étudiée dès le début.

Mais aussi inattendue que la menace arriva la défense par la bouche de l'autre syndic, Guigo Sibille.

— Le consul Beaudia ment, ou alors sa mémoire l'abandonne, mais le père de Columbanus Romiani était à compter parmi les francs bourgeois, et n'était ni de droit ni de fait un vassal lié à la terre. C'était un tailleur de pierres et un maître sculpteur, et je l'ai vu de mes yeux, je le jure sur le saint Évangile, baiser le dos de la main du Prévôt Giovanni Michiel, le bon cardinal Sant' Angelo, qui le recevait par reconnaissance pour ses travaux dans les fontaines et les portails de toute la vallée. Si Romean avait été un *populares*, un *manant*, ce n'est pas le dos de la main qu'il aurait baisé, mais les deux pouces joints. Ses biens n'ont pas été perdus : il me les a vendus à moi, qui en suis devenu le propriétaire après m'être acquitté du droit de troisième vente, sous les huit jours, à raison d'un treizième du prix fixé, comme en fait foi l'acte établi par le défunt notaire Girolamo Jallin.

La salle fut parcourue de nouveaux bourdonnements de déception, tandis que, de loin en loin, quelques-uns des plus anciens opinaient du chef en signe d'assentiment à l'égard des paroles du vieux Guigo : Colombano avait trouvé des alliés, et le syndic Sibille, pour qui la coupe était pleine, venait de se venger.

Jusque-là, la victoire d'Ippolito était totale, et celui-ci était certain que cette première journée d'audience se conclurait dans l'apothéose, ayant préparé pour la dernière accusation un coup de théâtre digne des meilleurs acteurs.

Le crime dont on débattrait était encore dénué de liens avec la mort d'Isoardo et de sa famille, mais ce n'était certes pas là quelque chose d'insignifiant. *Aucune personne de quelque état, degré ou condition qu'on voudra, n'osera ni ne souhaitera provoquer ni causer à autrui des dommages par le mensonge et encore moins lui nuire, sous peine...* Injures, honneur. L'accusé s'en tirerait avec un peu d'argent, une fois de plus ; mais le juge se souciait plus de démasquer les menteurs qui l'attaquaient.

— Veux-tu dire à la cour, Bernardo Fornerïs, quel affront t'a fait subir le tailleur de pierres Colombano Romean ?

— C'était un matin, j'étais dans ma boutique, non, je veux dire au four. J'étais là à mettre des fagots, car il faut des fagots pour le four... alors que j'étais à la boutique... à mon four...

— As-tu donc un four, Bernardo ?

— Non, Votre Seigneurie, tout le monde sait bien que le four est au mari de ma sœur.

— Tu veux parler de Folco Guy ?

— Et qui d'autre ? J'ai qu'une sœur, qui a qu'un mari, car c'est une femme honnête, pas comme le prétend celui-là, parce que tandis que j'étais au four et que j'entassais des fagots, voilà que passe cette fripouille dans la rue et qu'il crie, tout le monde l'a entendu, il crie que monsieur Folco Guy est cocu et qu'il a un beau-frère profiteur qui lui mange son pain huilé chez lui, et que quand celui-ci, monsieur Folco, est absent, sa femme prend du bon temps avec les mitrons, et que moi… que mon beau-frère dit rien.

— Que veux-tu dire par « il mange son pain huilé » ?

— Ça veut dire… ça veut dire… c'est une vilaine action, et puis ce que ça veut dire, demandez-le à ce gredin de Colombano, car c'est lui qui l'a dit, et pas moi qui ai fait que l'entendre.

— Et tu t'énerves pour une phrase dont tu ne connais pas la signification !

— Je l'ai pas comprise, mais je sais que c'est une vilaine chose qui offense mon honneur, celui de monsieur mon beau-frère et de cette femme très honnête que j'ai pour sœur.

— Bernardo, sais-tu lire ?

— Seulement la grosse inscription gravée sur la maison Ronchil, celle des Chevaliers de Sant'Egidio, celle qui est sous le soleil et la grappe de raisin : *Jamais sens toi*, car sans le soleil qui fait mûrir, le raisin pousse pas.

— Mais alors, si tu ne sais pas lire, moi je vais te lire quelque chose. C'est le rapport d'un procès qui s'est tenu en 1491, il y a plus de quarante ans. Le greffier l'a trouvé ici au château, mais il doit bien en exister une copie quelque part au village, chez un notaire. Je lis çà et là : *Catelano Beneitone entendait depuis sa boutique Gio' Giacomo Auruzio crier dans la rue que maître Francesco Vasone, beau-frère du plaignant, était cocu, et que son beau-frère, le plaignant, mangeait du pain huilé.* Tu as vu, Bernardo, ce hasard ? Gio' Giacomo Auruzio utilisait lui aussi cette phrase bizarre, si bizarre que même le juge ne la connaît pas, si bien qu'il se la fait expliquer, et le note sur cette feuille qui est jointe au procès-verbal : *manger du pain huilé, ou oint, du pain trempé dans du gras de saucisse, c'est, selon l'usage de la langue parlée dans la ville de Chieri, une injure qui désigne un homme sans métier qui vit aux dépens de quelqu'un.* Cela ne te paraît pas bizarre que Colombano, qui est né ici, puis qui a vécu en Provence, parle la langue de Chieri ? Mais ce n'est pas tout. Catelano Beneitone entendait aussi Auruzio dire à voix haute que sa sœur trompait son mari et, grâce au silence du plaignant, vivait malhonnêtement avec des apprentis et des gens de peu. Celui qui t'a fait apprendre par cœur une telle histoire, vu qu'il a changé les noms, aurait pu changer aussi les offenses ; j'y aurais peut-être cru.

Ippolito se tut. Les gens riaient à présent, car les affaires, les histoires, les misères des familles étaient toujours les mêmes ; c'était bien vrai que Bernardo Forneris était un poltron que Folco Guy avait pris en dot et en charge pour pouvoir amener chez lui la beauté de Caterina Forneris ; et il était vrai que Caterina allait avec les mitrons et des enfants presque imberbes. Mais tout cela n'avait jamais intéressé Colombano, et Bernardo demeurait là comme un ahuri.

— Bernardo Forneris, reprit le juge, menteur, parjure, blasphémateur, tu seras mis dès demain au pilori, du lever au coucher du soleil, et tu devras payer la somme de…

Les derniers mots furent couverts par des cris, sifflements, rires, applaudissements et traînements de pieds de la foule se dispersant.

Une fois franchi le seuil de cette salle d'audience improvisée, les gens étaient aveuglés par la lumière encore intense de l'après-midi. Que faire ? Retourner chez eux ; les bêtes attendent, les femmes attendent. Et la pendaison ? Et le pilori ? Quelle chance ils avaient, ceux de Chiomonte ! Si l'on connaît l'un d'eux, avec un peu de paille dans l'étable, on pouvait rester jusqu'au lendemain. Il y a l'auberge ; l'auberge coûte cher ; mais tous ces sous gagnés avec les tommes…

Le soleil descendait derrière le col de Clopaca, lorsqu'on comprit, à Chiomonte, que ce soir-là serait mémorable. Le pilori et le gibet avaient appelé vilains et marchands bien davantage que le souvenir des maisons et des travaux. Chaque étable, chaque fenil, chaque recoin, habitable ou pas, servit de gîte, tantôt offert par amitié, tantôt en solde de vieilles dettes, tantôt au prix d'une location. Et lorsque tous les refuges furent remplis d'humains, on commença à jeter de la paille le long du mur de l'église, celui de l'est, à l'abri du vent de France, en espérant qu'il ne ferait pas trop froid à la belle étoile. Du reste, contre le froid, il y a toujours le vin ; à l'auberge, Jouvencel des Jouvenceaux en offrait à tout le monde. Jouvencel, oui, précisément celui qui ne buvait même pas du vin de ses propres vignes afin d'en vendre chaque goutte aux seigneurs de Bardonecchia ; Jouvencel des Jouvenceaux, qui s'habillait lui-même et sa famille de misérable bure, et dont les bergeries comptaient tant de moutons qu'il pouvait couvrir, au pacage, toute la pente du mont de Sauze avec ses prés ensoleillés ; le plus riche de ceux qui n'avaient pas de fief dans la vallée, le plus avare d'entre les hommes de toute condition. Quelle excitation, quelle fièvre l'avait atteint pour le conduire à cette libéralité insensée ? Peut-être bien cette excitation qui s'était emparée du village dans une orgie de liesse tragique.

Jeux de dés sur les tables de l'hôte. Gagné ! Tricheur !

La mourre et ses cris : trois, sept, neuf, à moi !

Et dans les rues, les vielles offraient aux chants les vibrations de leurs cordes.

*E se sarà na fija la mariderem, e se sarà na fija la mariderem…*

Comme si c'était chose aisée, pour un pauvre, de marier sa fille.

*E se sarà un fij preive lo farem…*

De temps en temps, Ippolito pensait à cette strophe et aux siens, trop miséreux même pour songer à en faire un prêtre, ou un frère ; et voilà qu'il était devenu frère quand même, puis juge, davantage juge que frère.

Le rouge ni l'orangé ne coloraient plus le ciel ; seulement une clarté livide autour de la Pointe du Vallon et au-dessus de la cime des Quatre Dents, cette clarté qui, tel un feu follet, accompagne les montagnes les nuits d'été, avant que l'obscurité ne les efface.

Les chanteurs ne s'arrêtaient plus, le son de la vielle appelait les gens, et l'on dansa ce soir-là dans la rue comme à la Saint-Jean, la fête qui saluait l'été. On dansa la bourrée à deux et à trois temps ; on dansa la courante et le rigaudon, ainsi que la gigue du nord et la périgourdine. Puis, sur les langues asséchées par la danse et les excès, le vin fit sentir sa saveur plus amère et, après les danses, on commença à chanter, marmottant les paroles, la triste histoire des écoliers de Toulouse.

*Sun tre giuvenin de scola, ch'a Tuluza völo andé.*

Qui ne connaît cette histoire. Combien de temps était passé depuis cette sanglante Pâques de Toulouse ? Cela ferait tout juste deux cents ans au printemps prochain, du moins c'est ce qu'on disait. Mais la ballade avait conservé le souvenir vivant d'Americo de Bérenger et de ses amis, et chacun les imaginait à cheval, ivres, par les rues de la ville ; on les voyait remplis de l'effronterie de leurs vingt ans, défiant l'autorité du Capitole. On racontait, on disait, on chantait. Le seigneur de Gaure, racontait-on, arrête de sa main l'un des écoliers, mais Americo libère son compagnon et blesse l'autre d'un coup de poignard au visage.

*À j'an pià-je, j'àn ligà-je, an përzun a j'àn meinà.*

Ils sont arrêtés et torturés, Americo et ses compagnons ; ce sont des nobles et des clercs, le Capitole les hait et les craint ; il les écrase à la première occasion.

Les jeunes gens écrivent une lettre, en appellent au Parlement de Paris.

*… vöi scrive na litrinha… a l'àn fa-ne përzunè…*

Ces fausses notes arrivent à la cellule de Colombano ; l'annonce de sa mort ? Serait-il lui aussi fichu, comme deux cents ans plus tôt les trois étudiants de Toulouse ?

*J'è tre giuvinin de scola, tüti tre devo ampiché.*

Pendus tous les trois. Le Capitole n'a concédé aucun appel, n'a pas attendu la réponse de Paris ; le Capitole était pressé, le bourreau avait graissé sa corde. Combien, à Chiomonte, n'hésiteraient pas à graisser la corde pour le tailleur de pierres ?

Faire vite, pour donner à la mort son sens apparent ; si vite, que les sauveurs des trois écoliers arrivent trop tard et que l'armée salvatrice devient une horde vengeresse : brûlez Toulouse !

*Quand sun stait sül punto d'Tuluza, a j'àn vist tüit trei pendeiéint.*
*À l'àn fait brüzè Tuluza, cun tüta la sua géint.*

Mais, pour venger Colombano, personne ne viendrait ; personne pour brûler Toulouse, comme le voulait la ballade, personne pour faire payer ses fautes au Capitole, comme le rapportait l'histoire. L'honneur d'un Bérenger avait été défendu même après sa mort ; il fallait défendre celui de Colombano avant, car un Romean n'avait pas d'honneur, il n'avait que la vie ; la vie et un chien fidèle, Tuju, à l'extérieur du château, à attendre.

Chiomonte, cette nuit-là, ressemblait au campement d'une armée dispersée et inconsciente ; sans plus savoir où aller, la milice qui gisait ivre et épuisée sur ses grabats attendait le lendemain pour savoir si la victoire sourirait à son sacrifice, si tant d'efforts seraient payés d'une belle exécution. En attendant, les accents dans les chants et les jeux devinrent plus aigus, plus fatigués, jusqu'à ce que tout le village, assailli par le chant des grillons, ne retentisse plus que d'un unique ronflement, monotone et choral, sous un ciel qui, en se voilant, servait de couverture aux cantonnements.

V

# *Quatrième strophe*

*« Culumban a l'a massà ! »*
*siur giüdise pende lo farà*
*« Con 'l diau a l'a giügà ! »*
*Culumban a l'è përzuné*
*« Con le masche a l'a dansà ! »*
*siur giüdise lo farà brüsé.* *

Ce n'étaient pas les soucis qui tenaient éveillé dans son lit le juge Ippolito ; au contraire, c'était l'euphorie, l'exaltation vague d'une victoire qu'il sentait à sa portée. Les tintements de la prime n'avaient pas encore sonné et n'étaient pas près de le faire, mais ses yeux grands ouverts dans l'obscurité de la maison de Margherita n'avaient plus aucune envie de se fermer. Il s'était reposé un peu après l'acte, peut-être même avait-il dormi, de ce sommeil serein qui paraissait s'an-

* « Colombano a tué ! » [ce sont probablement là les cris de la foule] / monsieur le juge le fera pendre. / « Il a joué avec le diable ! » / Colombano est prisonnier / « Il a dansé avec les sorcières ! » / monsieur le juge le fera brûler.

noncer lorsqu'au comble de l'excitation ses flancs se dissolvaient, et qu'il s'ouvrait à la jouissance entre les cuisses généreuses de la veuve. Mais il était réveillé à présent, et ses pensées étaient aussi mobiles que ses mains parcourant le dos nu de Margherita jusqu'aux fesses, sans pour autant la réveiller : tous ceux qui, durant les nuits de l'enfance et de l'adolescence, avaient partagé leur grabat de paille à l'étable avec leurs frères et sœurs, ne pouvaient pas se permettre le luxe bourgeois d'un sommeil léger. Ippolito resta longuement indécis quant à l'idée d'appeler la femme à partager sa veille ; son sexe, de nouveau vigoureux, l'aurait désiré, pour s'accorder d'autres extases et se repaître des gémissements de celle-ci, si intenses lorsque l'inondait le plaisir et que ses doigts lui pénétraient les chairs. Mais écoutant sa respiration régulière, il n'eut pas le cœur de l'arracher au sommeil. Délicatement il la retourna sur le dos et posa sa main sur son pubis comme pour en absorber la douce chaleur ; alors, savourant à l'avance une nouvelle journée de triomphes, il retrouva finalement le sommeil et s'assoupit.

À la première lueur filtrant à travers les volets, Margherita sursauta et sourit de trouver la main d'Ippolito à cet endroit précis. Elle sourit d'un sourire amer, à l'idée que là résidait toute la fortune d'une pauvre femme. Elle regarda le juge nu endormi dans son lit, les membres solides, bien proportionnés ; et si elle avait connu le sens et la sonorité du mot amour, elle aurait pu se demander si, en quelque manière, elle l'aimait, et si lui l'aimait. Mais ce mot ne lui avait jamais été familier, et elle se demanda simplement combien de temps durerait le généreux désir de cet homme, jusqu'à quand elle pourrait donner sa fortune avec un plaisir réciproque, au lieu de la vendre au plus offrant. Elle se leva, et Ippolito, définitivement réveillé, put encore se délecter des formes de Margherita qui, sans se soucier de s'habiller, ou peut-être jouant de cette nudité qu'elle savait excitante, se pencha sur le petit lit de Tommaso.

Ce fut avec cette image dans les yeux et un sourire satisfait que le juge traversa le village pour regagner ses appartements, avant d'en redescendre pour la salle du procès. Il prit un sentier en amont, un peu éloigné des maisons, pour ne pas éveiller la curiosité de toutes ces silhouettes qui, tels des fantômes dans la brume du matin, se levaient tout engourdies de leurs paillasses disposées à même les galets des ruelles ; il ne craignait pas le scandale, mais ne le recherchait pas davantage, et si un simple détour pouvait éloigner les ennuis de son crâne luisant en raison de sa tonsure, autant l'emprunter.

Dans les quartiers qui lui étaient réservés, les serviteurs du château avaient fait chauffer de l'eau. Il fit ses ablutions et se rasa, tandis que les champiers contenaient la foule qui, plus anxieuse encore que la veille, s'entassait dans la grand-salle en pariant sur le sort de Colombano. Après avoir recensé mensonges et vols de bestiaux imaginaires, la justice devrait maintenant décider s'il fallait charger sur les épaules et le dos de Colombano l'assassinat de Floretta, d'Isoardo, de sa femme et de l'aïeule, ou nier au contraire chacun de ces meurtres, frustrant les vivants de pouvoir, par la vengeance, donner raison à ces morts.

Lorsque la silhouette d'Ippolito surgit de l'obscurité de la petite pièce conduisant des étages à la grand-salle, ce fut comme si un empereur apparaissait soudain parmi la plèbe ; son visage rosé, rasé de près, lisse, était une sorte de vision au milieu de ces figures marquées par la nuit passée à la belle étoile, de ces barbes naissantes et mal soignées, peu honorables pour les mentons qui les portaient. Les visages de l'assistance étaient sales et fatigués, mais y brillaient des yeux à la vivacité insolite et pernicieuse ; des yeux d'enquêteurs, malicieux, qui ne se contenteraient pas de réponses faciles. Sous ces yeux défila la cour, derrière la corde de chanvre tendue ; à partir de celui d'Ippolito, les fauteuils se remplirent un à un et, comme la veille, l'accusé fut le dernier à prendre place sur son tabouret.

Personne, hormis le juge silencieux et apparemment occupé, ne savait ce qui allait se passer sous peu. L'accusation ignorait si elle pourrait exposer tout à loisir les fautes de Colombano, et la défense, image réfléchie et émanation d'Ippolito, n'avait pas pleine conscience de sa tâche, tandis que le public, d'abord bruyant, faisait silence pour guetter le son, sifflant comme une vipère, du mot « assassin ».

La salle vivait depuis de longs instants dans ce suspens non naturel et tendu, lorsqu'un messager, fier dans son ample cape, apparut à la porte principale de la grand-salle. Il fendit la foule d'un pas sûr pour, à un signe du juge, franchir la corde et déposer sur le bois sombre de la table un dossier d'où se détachait le rouge d'un sceau de cire.

Ceux qui, plus tard, eurent l'audace d'interroger Ippolito sur cet épisode, pour lui demander s'il avait été préalablement averti de l'arrivée du messager, n'obtinrent jamais d'autre réponse qu'un sourire triste.

Par des mouvements lents et méticuleux, le juge ouvrit l'enveloppe et en tira un feuillet qu'il examina attentivement. Ce ne fut qu'une fois la lecture terminée, alors que montait la curiosité autour de lui en un bruissement sourd, qu'il décida de donner au procès ce qu'il tenait pour le coup décisif et définitif.

— Ce que j'ai entre les mains, dit-il, est l'attestation concernant les véritables causes de la mort d'Isoardo et de sa famille. Je vais en donner publiquement lecture afin que chacun voie la futilité des accusations portées contre l'inculpé.

Il arrêta sa lecture, se leva et entreprit de traduire le latin à voix haute, à l'intention de l'assistance.

*Moi, Octave Berry de Vizille, physicien et maître en art médical de l'Université de Grenoble, ayant examiné le cas des morts des Thullies telles qu'elles m'ont été décrites par l'excellentissime Ippolitus Berthe, juge exécuteur du révérendissime Prévôt d'Oulx, affirme avec la plus grande certitude que ces morts sont à attribuer à l'ingestion toxique de pain fait à base de seigle ergoté, et assurément celui qui affirmerait qu'il manque les signes les plus communs et manifestes du mal qui réclame la protection de saint Antoine, pour rechercher ailleurs la cause de ce qui s'est produit, ne peut pas être qualifié de physicien, mais de vulgaire médecin, ou phlébomator, ou barbier. Il est vrai qu'aucun témoin ne parle de démence ni de fixité du regard des victimes dans les jours ayant précédé le néfaste événement, et que leurs cadavres ne montrent pas manibus et pedibus coupés, ni des bras et des jambes noirs comme du charbon, comme on peut le lire dans la Chronographie de Sigismond de Gembloux, mais il ne s'agit pas toujours d'ergotismus gangrenosus ; qui le croit n'a jamais lu ce que Pietro d'Abano écrit à propos de la cornuis spicae, qui, ingérée sous l'espèce du pain ou de la farine, provoque des accès de douleur au ventre similaires au feu sacré que Sigismond aperçoit dans les entrailles de ses ardents, mais sans noirceurs ni chute des membres. La façon dont le corps est atteint par la maladie dépend de la saison et du tempérament de chacun. Les membres noircissent et tombent lorsque le poison du seigle entraîne une abondance de bile noire et une corruption du sang qui, en se raréfiant, laisse place aux autres humeurs. Or, comme Galien nous l'explique, et comme chacun sait, la bile noire est l'humeur de l'hiver, tandis que la saison où nous sommes est l'époque des humeurs claires, de la bile jaune et du sang. N'y avait-il pas abondance de sang sur les cadavres et sur leurs bouches ? Or, je suis tout aussi certain que les victimes étaient de tempérament sanguin, puisque même l'aïeule, qui aurait dû, étant donné son âge, être imprégnée de flegme, était comme les autres noyée dans une mare de sang. Avec autant de cacochimie principalement hématique, le seigle ergoté pouvait-il donc prendre la voie obscure et sèche de la bile noire et de la gangrène ? ne lui aurait-il pas été plus facile, comme cela s'est produit, d'emprunter la voie humide du vomi et de l'hémorragie ? Demandez à Montpellier, à Chartres, à Saint-Gall : tous les savants docteurs, tous les physiciens reconnaîtront dans ces symptômes l'action du seigle ergoté. Le poison de la céréale gâtée et devenue impure a partout laissé ses traces, comme en témoignent les moutons : de même qu'Avicenne dit que les excréments des bêtes empoisonnées par l'ellébore blanc tuent les poules, de même nous affirmons ici que les brebis, des bêtes qui dans leur nature profonde ne dédaignent pas la coprophagie, s'étant nourries des excréments des humains atteints par la maladie, en sont mortes à leur tour. Voilà pourquoi rien de ce qui est advenu à la Thullie ne peut être imputé à la main humaine, mais bien plutôt à la dégénérescence maligne de l'aliment de base.*

Le juge Ippolitus Berthe demeura un instant les yeux mi-clos, comme pour les armer comme on arme une arbalète, de ces traits dont il avait la veille frappé ses ennemis. Il les leva alors, moqueurs, pour contempler la défaite des autres. Mais il ne vit rien de ce qu'il s'attendait à voir. On eût dit que Leonardo Beaudia et Francesco Rostollan s'alignaient pour la parade, bouffis d'orgueil, la poitrine offerte aux éloges et aux décorations.

Que se passait-il ?

Ippolito eut la désagréable sensation de ne pouvoir dominer les événements ; il entrevoyait quelque chose sans le saisir ; cette même impression d'impuissance qui vous envahit lorsque, sous l'effet des vins et des liqueurs, vous entendez les mots s'écouler de votre bouche sans que votre esprit ait sur eux un contrôle préventif.

Que se passait-il, bon sang ! Pourquoi, au lieu du désarroi et de la rage, s'affichait sur ces visages un sourire de victoire ?

Il ressentit la fragilité de son succès précédent : une bourse remplie de fausses monnaies, de métal corrompu. Et l'assurance de sa jeunesse fit place à cette crainte et à cette prudence qu'il aurait dû employer pour tempérer celle-là dès le début.

— À présent, prononça Ippolito sans laisser entendre son trouble, Folco Guy, votre tour est venu de formuler vos accusations. Voulez-vous répéter devant la Cour que vous avez acquis la conviction que l'accusé Colombano Romean a tué Isoardo Agnel, sa fille Floretta, sa femme Marta, ainsi que la mère de celle-ci, Belletta de Morello Morelli, par (il lut) *percussione* causant *magna sanguinis effusio* par la bouche des victimes, et qu'il a de la même façon exterminé les brebis, les moutons et les chèvres des victimes ?

Les balbutiements du riche boulanger furent un tonique pour le juge, de même que le désarroi manifeste de son entourage, Costante du moulin, Aimerico, Martino et bien d'autres.

— Quelqu'un m'avait dit que… quelqu'un avait vu Colombano… mais à présent que le docteur dit ces choses…

On l'entendait à peine, et beaucoup pensèrent que si Folco avait eu une éloquence et une sagesse ne serait-ce qu'en infime proportion par rapport à ses biens, il ne se serait pas retrouvé en cet instant dans des eaux aussi troubles. Le pilori qui, dehors, tourmentait et humiliait son menteur de beau-frère, était prêt à le recevoir lui aussi, comme tous ceux qui l'avaient suivi dans ses accusations contre le tailleur de pierres.

Le parterre entendit dans cette ironie un prochain carnaval, avec ces riches ridiculisés et brocardés, et les vilains menant la danse ; Folco dans la poussière et Gaudenzio l'estropié vêtu de pourpre et de drap précieux de Lyon, et au-dessus de tous, prince et gardien de ce pays de cocagne, lui, Ippolito. Aussitôt la salle fut gagnée par une euphorie à peine entachée, par instants, des visages sombres de ceux qui, d'accusateurs, se sentaient devenir d'inévitables cibles : l'imminence d'un carnaval du monde inversé fit même oublier le désir de l'autre carnaval, celui de la pendaison.

Entre-temps, dans l'esprit d'Ippolito, se renouaient tous ces fils qui en se défaisant avaient provoqué cette impression rampante de malaise : pourquoi donc avoir redouté l'arrogance du notaire et du syndic ? N'avait-elle pas une signification bien évidente ? Ces deux-là savaient qu'ils avaient astucieusement agi ; envoyant aux avant-postes leurs hommes de paille, ils avaient tenté d'éliminer le gênant Colombano avec son coûteux projet, mais, en dépit de l'échec, la manœuvre avait eu pour corollaire l'humiliation du mesquin et cocu Folco et de ses pairs. Voilà de quoi riaient ces deux-là, Ippolito en était sûr, et, rempli de cette insolente certitude, il se permit la condescendante longanimité de juger suffisante la punition que les faux témoins s'étaient infligée d'eux-mêmes en déclenchant la risée générale.

Le juge se tut donc, afin de laisser les quolibets submerger les calomniateurs, et de préparer une conclusion solennelle digne de cet apparat. Colombano étant sauvé, qui sur son tabouret avait repris quelques couleurs, il fallait à présent sauver le spectacle, et baste. Isoardo, Floretta et leur possible meurtre, personne ne s'en souciait plus : la réponse du médecin avait rassuré chacun, et même Ippolito, qui devait être le plus méfiant de tous, s'était laissé convaincre par le diagnostic et l'irréfutable autorité de Pietro d'Abano ; il s'était rendu à un diagnostic qu'il avait si l'on peut dire lui-même commandé.

Or, ce fut précisément cet instant de confiance et de sérénité retrouvées que le notaire Francesco Rostollan choisit pour porter son attaque.

— Excellent juge, l'opinion très autorisée de l'insigne docteur et physicien Octave Berry de Vizille nous a confirmés dans un soupçon si horrible qu'il nous désarme et laisse sans voix ; seule la conscience des conséquences néfastes qu'impliquerait une omission de notre part nous pousse à formuler cette terrible accusation. Nous savons par différents témoignages dignes de foi que Colombano est un homme mauvais qui s'adonne à la magie et à la nécromancie ; si nous nous sommes tus jusque-là, c'est qu'il nous manquait la preuve que le pacte signé par Romean à l'évidence avec le Malin visait à nuire à la communauté ; maintenant que la réponse de l'éminent physicien a substitué à notre doute une certitude positive, nous pouvons, sans autre crainte que celle de notre sécurité, accuser Colombano Romean d'avoir, par maléfice et diablerie, corrompu la réserve de seigle des granges de la Thullie, entraînant ainsi la mort d'Isoardo, de sa famille et de ses bêtes. J'accuse Colombano Romean d'être un sorcier, un serviteur et un complice du démon, et d'utiliser la galerie qu'il a creusée à la Thullie pour des réunions avec les esprits des entrailles de la terre.

À ces mots, la salle entière retentit d'un immense et unanime soupir atterré.

— Peut-être, excellent juge, avez-vous pour votre part entendu parler d'ardents isolés. Mais n'est-il pas plutôt vrai que le mal, ou le feu, de Saint-Antoine, frappe des villages, des villes entières, parfois même des nations ? De même que la peste ne jette pas dans les bras de la mort le chemineau solitaire, mais cueille ses victimes par tas, par légions, de même le seigle ergoté sème la désolation et le deuil dans chaque lieu du pays où il germe. Le seigle d'Isoardo venait-il donc de contrées lointaines ? N'était-ce pas plutôt du seigle de nos montagnes ? Différait-il de celui dont on a pétri le pain que vous avez mangé hier, ce pain que voici ?

Dans un geste quasi blasphématoire, le notaire brandit en l'air une forme, comme fait l'officiant avec le pain de l'eucharistie, la rompit et en mangea un morceau avec avidité.

Où avait-il appris, ce misérable avocassier de village, l'art rhétorique de l'*elocutio* ? En tout cas, Cicéron et Quintilien auraient apprécié l'efficacité de ses propos, et la manière dont ce simple recours au pain que mange chacun avait serré les dents à tout le monde par crainte du mal.

— Au contraire, reprit Rostollan, ce pain est parfaitement sain, et le vôtre l'était tout autant.

Les dents se desserrèrent, les moues disparurent des visages.

— Seul le seigle d'Isoardo était ergoté, et il l'était devenu par les enchantements de Colombano, qui a voulu livrer au diable les âmes de ses amis, et la plus précieuse de toutes, celle de la vierge Floretta, afin d'obtenir en retour les secrets des veines de pierres précieuses dans la roche, et de la transmutation des métaux. Je vous demande donc, juge Ippolito, de convoquer un tribunal ayant juridiction sur les crimes de sorcellerie, je vous demande de faire intervenir ici l'inquisiteur.

Le silence des cimes des montagnes, les nuits d'hiver sans vent, ou le silence des espaces sidéraux ou des abysses marins, n'ont jamais été aussi profonds, aussi absolus que celui qui tomba sur la grand-salle comble et muette.

Ippolito vacilla comme vacille un cavalier touché, avant de tomber de sa selle. Ses pensées tâtonnaient à la recherche d'un appui, d'une cheville, d'un salut, mais tout ce qu'il trouva, ce fut un moyen de différer l'inévitable.

— Notaire Rostollan, chacun connaît, sur les terres de notre bon seigneur le Prévôt d'Oulx, la valeur de votre parole, et personne n'ose en douter ; toutefois, l'instruction d'un procès pour sorcellerie est un fait d'une gravité extrême qui peut perturber les consciences et éprouver les esprits ; c'est pourquoi j'espère que vous ne trouverez pas extraordinaire ou hors de propos la requête d'entendre vos témoignages.

Une stratégie dilatoire, rien de plus. Ippolito savait que, une fois le mot « inquisiteur » prononcé, quiconque oserait s'opposer serait à l'instant compté au nombre des suspects et des complices ; et peu importait le genre ou la valeur des témoins du notaire, peu importait que les preuves à charge contre le suspect soient vagues ou circonstanciées : le procès aurait lieu.

— Votre Seigneurie est un magistrat juste et scrupuleux, et veut, avec la même admirable équanimité démontrée dans la conduite de cette procédure, que soit mise en œuvre la cause nouvelle, et bien plus douloureuse, qui procède de ces mêmes actes. Rien ne vous sera donc caché, insigne représentant dans cette ville de Chiomonte de notre seigneur le Prévôt, et rien ne sera caché au public présent, afin qu'il sache se garder des pièges du démon et de ses alliés. Nous pouvons sans délai accéder à votre requête en écoutant le témoignage de Telmon Celier.

Était-ce donc le notaire qui dirigeait le débat ? Ippolito eut cette impression, et comprit même que dès le début le jeu était entre les mains de son adversaire, et qu'il n'en avait été lui-même qu'un instrument ; il s'était laissé envelopper par la fumée des accusations mineures, savamment répandues pour occulter les trames plus profondes, et il avait prêté le flanc aux coups portés par les ennemis du tailleur de pierres. La thèse du seigle mortel, qui, si elle avait été diffusée bien à l'avance, aurait dû effrayer et arrêter les assauts des accusateurs, s'était retournée contre le juge, lequel entendait de nouveau sonner creux les fausses monnaies de ses gains. Il sentait le malaise investir non seulement son cœur, mais ses membres ; il avait envie de retourner sur les montagnes de son enfance pour y garder les chèvres, quitte à y mourir de faim en cherchant des baies sur les rives du Vénéon, ou des poissons dans les eaux du Lauvitel ; n'importe quoi, pourvu qu'il soit ailleurs.

Telmon Celier se leva. Ses cheveux blancs lui tombaient sur les épaules et encadraient, avec la barbe, un visage plus ridé qu'une pomme desséchée. Pour tous ceux qui depuis les Ramats menaient paître les bêtes aux prés des Quatre Dents, Telmon était le Pepi d'en Haut, le grand-père de l'alpe haute, celle qui, prenant appui sur la pente de Clopaca, regardait sur le vaste plateau de la Thullie. On avait pour lui non du respect, mais de la vénération, et l'on racontait aux enfants que dans ces cheveux couleur de nuage couraient non pas des poux, mais de minuscules paillettes d'or et d'argent.

Le notaire s'apprêtait à inviter le vieillard à parler, mais Ippolito le devança en lui faisant comprendre du regard qu'il ne renoncerait pas davantage à ses prérogatives.

— Qu'est-ce qui t'a conduit, Telmon, dit le juge, à croire que Colombano Romean s'adonne à des pratiques de sorcellerie ?

— Je l'ai vu aller sous les chèvres avec une écuelle de bois, lorsqu'elles pissaient, pour recueillir ce qu'elles faisaient et le verser dans une outre.

Rostollan l'interrompit :

— Juge Ippolito, l'urine de chèvre est une preuve manifeste de l'œuvre satanique de l'accusé. Il est prouvé que sorcières et sorciers s'en aspergent lors de ces ignobles assemblées qu'ils appellent pour leur part sabbats ou shabbats, comme le font ces infâmes juifs qui…

— Merci, notaire Rostollan, tonna la voix ferme d'Ippolito. Imaginez-vous donc que nous ne savons rien des sinistres pratiques de ces pervers ? Croyez-vous donc que les clercs de Grenoble passent leur temps dans l'oisiveté ou à la taverne, au lieu de lire et de méditer les textes des savants qui écrivent pour préserver du mal le peuple du Christ ? Ou peut-être vous croyez-vous l'objet d'une révélation, à propos de secrets prodigieux. Lisez le *Champion des Dammes*, de Martin, le Prévôt de Lausanne, le sage Martin Le Frau ; il raconte avoir vu les sorcières, lors de nuits de sabbat ; non pas deux, non pas trois, *ni vingt, mais puis de trois mille vielles veoir leur dyables familiers et certaines nuits de la Valpute veoir la sinagogue pute.* Si ce sage a jugé utile, il y a près de cent ans, de révéler de semblables choses aux femmes, qui sont par nature de faible entendement et mal disposées à garder soigneusement les secrets, vous ne nous ferez pas croire que vous détenez de profonds mystères. Non seulement nous connaissons les pratiques les plus aberrantes de ces assemblées, mais nous savons aussi que les participants s'y aspergent le corps d'urine de chèvre, selon les uns pour brocarder et insulter le pieux usage de l'eau bénite, selon les autres pour boire le liquide directement tiré de l'incarnation bestiale de Lucifer dans une forme d'animal cornu.

Voilà le juge et le notaire champions de deux armées adverses ; affaiblis par les coups, ils ne jouissaient plus que des blessures qu'ils s'infligeaient mutuellement, oubliant complètement les raisons de la lutte et l'effroi de ceux qui assistaient au duel. Mais le plus effrayé de tous, ce fut Colombano, lorsqu'on lui demanda à quelle invocation diabolique était destinée l'urine de chèvre qu'il avait recueillie.

— J'y connais rien, moi, aux diableries, aux sorcières et aux putains ; la pisse de chèvre me sert pour mes burins et mes pics.

— Dis-nous ce que tu en fais, le pressa le juge.

— C'est pour les outils, mais c'est… c'est un secret.

— N'aie crainte, Romean, l'inquisiteur aussi a ses outils, et lorsqu'il aura tenaillé tes membres, il n'y aura plus de secret pour tes pensées ni pour tes viscères.

Colombano perçut dans ce ton une hostilité inattendue, et le flot incertain, mais intarissable, de ses déclarations, fut celui de qui se sent perdu.

— C'est un secret, mais un bon secret des forgerons de Provence, qu'avaient transmis à leurs pères les marins de navires espagnols, qui les tenaient des prisonniers turcs à la suite de cette grande bataille qu'il y a eu sur la mer.

« Navires », « Mer », « Turcs », dans ces montagnes, ce n'étaient pas des mots, mais de simples sons, lointains et inusités, vides de tout sens bien défini : la mer, une étendue d'eau peut-être mille fois plus grande que le lac de la Vallée Étroite, tantôt calme comme une plaine enneigée, tantôt, disait-on, furieuse comme la Doire au printemps ; les bateaux, on n'avait pas d'autre moyen pour les évoquer que la vague similitude avec les énormes radeaux qui glissent sur l'eau ; quant aux Turcs, c'était seulement mystère, peur et haine. Colombano l'étranger, Colombano le voyageur, Colombano l'assassin, Colombano le sorcier, Colombano était de plus en plus rejeté par tous les autres.

— Lorsque j'étais à Saint-Gilles, les fabricants d'épées chauffaient au rouge les lames sur un feu de charbon, avant de les tremper pour les refroidir dans un tonneau plein de pisse, et les épées devenaient plus dures ; que même si on en battait deux ensemble, de toutes ses forces, le fil se brisait pas. Mais les plus dures de toutes, c'étaient les lames refroidies dans la pisse de chèvre, que vous pouviez donner un coup à une pierre, elles faisaient des étincelles, sans se casser. Alors, moi, j'ai pensé que si j'adoptais le même système pour les pointes de mes burins et de mes pioches, je passerais moins de temps à les affûter, et j'avancerais plus facilement.

Ippolito se souvint de la clause, dans le contrat, qui obligeait le mineur à entretenir lui-même les pointes de ses outils ; cette nuit-là, dans les archives communales, il avait passé un temps interminable, bien qu'il fût désormais exténué, à traduire mentalement ces quelques phrases latines comme gravées maintenant dans sa mémoire. Tout en prêtant encore une oreille à l'accusé, le juge s'essaya à se les répéter silencieusement, et à réfléchir, comme s'il y cherchait une nouvelle solution : *quod ipsi pareri de Celsis et de Ramatis tenentur fornire supplire instrumenta necessaria ad ipsum opus faciendum et proficiendum ;* le fait que les instruments d'excavation devaient être fournis par la communauté lui semblait clair ; *mathora, massas, pichos, cugnos et palferrors aliaque universa ferramenta necessaria* ; marteaux, masses, pics, coins, piquets en fer, que d'outils pour un seul homme ; *cum ipsorum factur salvis secundis et aliis cuspidibus, quas ipse Columbanis facere teneatur suis sumptibus* ; mais pourquoi la facture des outils, et pas l'aiguisage ? Pourquoi Colombano devait-il refaire lui-même les pointes ? *Hoc addito quod ipsi parerii providean ipsi Colombano follas, carbonum, maleum et unam cornuta pro ipsis cuspidibus faciendis sive reparandis ;* tout le nécessaire, charbon, maillets, enclumes, mais non pas les pointes, les pointes étaient l'affaire du tailleur de pierres. Qui avait donc imposé cette condition ? Difficile de croire que les commanditaires jugeaient cette voie moins onéreuse ; selon toute probabilité, c'était Colombano lui-même qui avait inclus cette clause, mais allez savoir pourquoi. Peut-être que ses burins, que ses pointes étaient magiques, le fruit de mystérieuses opérations alchimiques, de transmutation des métaux. Ses masses frappaient toutes seules, ses outils fendaient la pierre sans s'user. Les soufflets, le charbon et l'enclume n'étaient pas destinés à la forge, mais au rituel obscur des sectateurs d'Hermès Trismégiste, et les secrets des forgerons provençaux n'étaient qu'un rideau de fumée. Telles étaient les pensées qui gagnèrent bientôt l'esprit d'Ippolito, et sur lesquelles pleuvaient les déclarations de Romean avec un sens nouveau qui sentait le mensonge et la culpabilité.

— … lorsqu'on trempe dans la pisse les fers encore chauffés au rouge, ils grésillent comme de la graisse qui fond et ça sent une odeur insupportable, mais après ça on fend les pierres trois ou quatre jours sans refaire les pointes ; mais ni diable, ni sorcières, que de la pisse, comme peut le faire Martino…

Qu'est-ce qu'il pouvait faire, Martino ? Le travail, ou la pisse ? À peine un quart d'heure plus tôt, cette ambiguïté puérile aurait déclenché les rires de ces rustres, mais personne ne bronchait plus : l'homme debout à côté de son tabouret demeurait seul, prisonnier de l'horreur et de la peur qu'il avait commencé à susciter.

Sauver Colombano, c'est ce que voulait le Prévôt ; mais qu'il vienne s'asseoir lui-même, le Prévôt, sur ce siège de plus en plus inconfortable ; à lui d'aider ces complices de Satan, si ça lui chante. Qu'il aille au diable, quoi qu'il en soit.

— Notaire Rostollan, avez-vous recueilli d'autres témoignages, afin que l'inquisiteur soit informé de tout avant sa venue ?

— Juste juge, j'épargnerais volontiers à tous ces braves gens les horribles récits des scélératesses de cet homme, mais si Votre Seigneurie désire savoir jusqu'à quel point est parvenue son intimité avec le prince du mal, je ne pourrai pas me soustraire à votre ordre.

De même que le séducteur qui, une fois sa proie blessée, la dédaigne pour mieux terminer son œuvre, de même le notaire feignait de répugner à exhiber ces témoins soigneusement recherchés, sinon véritablement instruits.

— La plus douloureuse et affligeante de ces dépositions est celle que j'ai recueillie il y a quatre jours de la voix faible de Marta Rouardo, à laquelle le curé a donné il y a quelques heures l'extrême-onction, tant elle est au plus mal, encore que sa maladie soit inexplicable. Elle m'a dit qu'elle avait vu l'accusé cueillir une grande quantité de pervenches la veille de la Saint-Jean. Cette femme ne savait pas et ne sait pas quel usage on fait de cette fleur dans les pratiques nécromantiques ; cependant, elle a été frappée par le fait suspect que Romean cachait sa récolte et regardait autour de lui avec des yeux exorbités afin de s'assurer que personne ne le voyait, et lorsque ses deux pupilles ardentes se sont posées sur elle, elle en a éprouvé un tel trouble qu'elle en est tombée malade. Ce que cette femme ignorait est cependant connu des savants, et notre juge n'aura pas de difficulté à nous l'expliquer.

Ah, comme le notaire apprenait vite de ses propres erreurs ! Impossible de le prendre en faute deux fois.

— *Provenchia*, commença Ippolito, *provenchia collecta in vigilia festi Nativitatis beati Johannis...*

Il regarda le public qui le fixait d'un air interrogatif.

— La pervenche récoltée la veille de la fête de saint Jean est, dit-on, une amulette efficace pour se prémunir de l'action de la justice et pour échapper aux gardes ou aux gens du seigneur.

Colombano nia ; il nia avoir cueilli des pervenches les jours du solstice d'été, ou tout autre jour ; il nia en avoir appelé au diable pour déchaîner incendies et tempêtes comme le font, entre autres choses, selon l'irréfutable autorité de Guillaume d'Auvergne, évêque de Paris, les magiciens et les sorciers ; il nia avoir vu se manifester Lucifer sous les espèces d'un coq noir, d'un chat noir, d'une femme lascive et sensuelle, d'un bœuf, d'un chien, d'un jeune homme richement paré ; il nia avoir jeté un sort sur le seigle pour tuer Isoardo. Il aurait tout nié, même le fait d'être vivant, mais son espoir de recouvrer la liberté, devenu réalité tout à l'heure, s'éloignait à présent comme un oiseau noir dans le brouillard.

Les dépositions des nouveaux accusateurs furent sobres et mesurées, et tout le mécanisme habilement assemblé par Maître Rostollan fonctionna avec précision. À la fin, le dernier témoin entendu, le juge Ippolito se leva et dit :

— Colombano Romean, les crimes dont t'accusent ces respectables sujets du roi de France et dévoués serviteurs de notre seigneur le Prévôt d'Oulx ne sauraient relever de ma juridiction, car l'enquête et le jugement sur les horribles faits de sorcellerie concernent le seul tribunal de la Sainte Inquisition. Aujourd'hui même, un messager se rendra à la Prévôté afin que le Prévôt soit informé de ce qui s'est débattu dans cette salle et qu'il puisse réclamer l'envoi à Chiomonte d'un sage inquisiteur. Tant que celui-ci ne sera pas arrivé au village, tu resteras enfermé dans la prison du château. Le procès est clos ; un autre s'ouvrira.

Et tandis qu'il prononçait ces paroles, son visage, qui d'abord était passé du rictus goguenard à la grimace apeurée, prit une apparence de sérénité apaisée ; comme si d'avoir remis le sort du tailleur de pierres dans les mains d'un autre l'avait libéré d'un poids trop lourd à porter.

Au moment même où, une fois dissipé l'écho de la voix du juge, la salle allait se remplir des commentaires de la foule, entra par les meurtrières le son grave des cloches mortuaires : l'âme de Marta Rouardo, terrassée peut-être par les maléfices de Colombano, avait trouvé une paix nouvelle dans les cieux du bon Dieu.

# VI
## *Refrain*

*'l bun Culumban (bis)*
*a porta l'éigua dal mont al pian*
*'l bun Culumban (bis)*
*a fura la pe(y)ra cun la sua man.* *

*… car grand serait mon courroux si les faits qui ne te sont pas imputables n'étaient si nombreux ; nous les devons à l'iniquité de notre époque, à l'indocilité des gens que nous avons en charge, à ma légèreté même, puisque c'est moi qui t'ai indiqué la plus naïve des solutions. En des temps de plus grande justice et de meilleure foi, notre parole aurait valeur de loi ; et puis, si seulement les champiers s'étaient résolus au silence et au respect de leur seigneur, qui aurait pu mettre en doute notre explication concernant ces morts de la Thullie ?*

* Le bon Colombano / apporte l'eau de la montagne à la plaine. / Le bon Colombano / creuse la pierre (ou le canal) de ses mains.

*Il est certain que si tes yeux, qui sont mes yeux à Chiomonte, avaient vu à temps l'hostilité croissante contre Colombano Romean, si tes oreilles, qui sont mes oreilles à Chiomonte, avaient eu vent des projets de contrecarrer le percement du canal de la Thullie, les accusations auraient peut-être frappé ailleurs ou, qui sait, peut-être n'y aurait-il eu ni accusations ni cadavres. Mais plus que de courroux, mon âme est remplie d'une surprise indignée devant la manière dont ton intelligence s'est laissé entraîner dans le tourbillon des influences et des images nées de la langue perfide du notaire Francesco Rostollan. Sans grande résistance, tu as cédé à la séduction du mystère, à la tentation de valider, comme les magiciens, nécromans, sorciers et autres alchimistes, les faits que tu ne pouvais pas expliquer. Ton raisonnement a ployé dès la première rafale de vent. Crois-tu donc que l'urine de chèvre soit le signe irréfutable du commerce diabolique ? Es-tu persuadé que les témoignages achetés de quatre vieilles ignorantes garantissent la culpabilité ? Oh, il est certain que le tribunal du Saint-Office commencerait pour bien moins que cela à faire entasser les fagots pour le bûcher, comme il le ferait pour toi et moi si seulement ce feuillet lui tombait entre les mains. Mais qui fréquente l'Ennemi de l'humanité évite souvent l'ostentation du mal et trame en silence, laissant les abjects rituels à la démence des possédés, dont il se fait un écran pour mieux agir dans le péché ; il se parfume la tête, boit des vins épicés, et rit des abominables mixtures qu'ingurgitent les autres dans l'espoir d'attirer dans leurs antres sordides celui qui préfère au contraire le luxe, l'opulence et le vice. Si donc Colombano, par stupidité, ou par le désarroi passager du cœur qu'entraîne la solitude, a pu céder aux illusions d'une alchimie naïve, il n'a certainement pas bénéficié de l'aide de Satan, sinon son prodigieux ouvrage eût été bien plus rapide et facile. Nous savons, nous avons toujours su, malgré toutes nos dénégations, qu'à la Thullie est intervenue la main d'un assassin ; mais nous savons aussi que la volonté qui a guidé cette main était étrangère à ce qui s'édifie là pour le bien de toute la communauté : les gardes du seigneur de Bardonecchia rapportent que l'infâme individu qui s'est proclamé Roi des Ribauds, Roi des Débauchés, a repris ses attaques, non seulement sur les terres au pied du col de l'échelle, mais aussi sur les domaines du seigneur de Névache. Tu sais combien les frontières arrêtent peu les incursions des brigands, et tu connais la sauvage violence avec laquelle ils s'abattent sur toutes les créatures rencontrées en chemin, jouissant du sang versé et des souffrances infligées ; et donc, fort de ces nouvelles, me voilà convaincu que ce qui a apporté mort et destruction dans les granges d'Isoardo, ce sont ces Ribauds en personne. J'ai fait donner l'ordre aux champiers de la communauté de Savoulx de surveiller tous les sentiers le long de la Doire et sur les pentes septentrionales, ce qui obligera peut-être ces bandits à gagner d'autres lieux, mais cela ne suffira probablement pas à apaiser les esprits de Chiomonte, car les choses sont allées trop loin. Cependant, une fois les passions les plus vives réduites au silence, les gens, à défaut d'un sorcier sur le bûcher, se contenteront d'une bande d'assassins pendus, pourvu qu'il s'agisse bien des bandits qui se sont entachés de tous ces crimes. Je veux donc que tu retournes aux pâturages des Quatre Dents pour découvrir les traces que la troupe de ces infâmes a forcément laissées, et pour comprendre quelles armes ont pu tuer sans produire, comme tu as pu toi-même le constater, de blessures apparentes, de sorte que, lorsque mes gardes auront capturé ces coupables et que le fer rouge aura plié leurs chairs, leurs aveux ne soient qu'une confirmation de ce que tu auras déjà fait connaître au peuple, lequel, séduit par la certitude positive de tes découvertes, et conforté dans sa croyance par les indiscutables résultats de la torture, se laissera persuader de l'innocence du tailleur de pierres.*

*À présent, il faut plus que jamais que ton action soit habile et efficace : ma charge, et l'accélération des événements, m'interdisent tout retard dans la convocation d'un inquisiteur mais, avant que celui-ci n'ait touché le sol de la ville de Chiomonte, tu devras avoir décrété et prouvé, avec des preuves certaines et donnant toute satisfaction, qu'il y a eu crime pour Isoardo et les siens, et que ce crime a été commis par les personnes que je t'indiquerai. Je renouvelle ma confiance en ton talent, mais il vaut mieux pour toi que je n'aie pas à m'en repentir, car les services de Colombano Romean me sont plus précieux que tout autre.*

Bien qu'il l'ait lue à de nombreuses reprises, comme d'ailleurs le reste de la lettre, Ippolito fut encore plein d'inquiétude à cette phrase qui précédait juste la conclusion.

Il regarda le feuillet : la calligraphie petite et régulière du Prévôt le recouvrait, telle une broderie d'encre sur le papier couleur paille ; puis il le déchira énergiquement, certes pour effacer toute trace de ces propos trop compromettants, irrité surtout de subir à nouveau les rudes réprimandes de son seigneur. Il ne pouvait absolument pas nier que le Prévôt eût touché sa cible en blâmant la complaisance montrée face aux accusations de sorcellerie. De nombreux jours durant, le procès étant clos, le juge avait apaisé ses angoisses grâce à la réconfortante certitude d'avoir mené la lutte contre le mal dans le bon camp, et peu importait si c'était aussi celui des Beaudia et des Rostollan. Il s'était étendu, oublieux et serein, auprès de sa veuve, et s'était endormi la tête entre ses seins encore dénudés, bien que le début de septembre commençât à enlever à l'air la tiédeur qu'il aimait tant.

Avec l'irresponsabilité d'un petit enfant, Ippolito avait vécu comme si l'issue du débat était celle que son seigneur lui avait demandé d'obtenir, comme si ne pouvaient arriver de la Prévôté que des éloges. Puis, après un silence inexplicablement long, un messager avait apporté sa dépêche et, avant même de la dérouler, le juge avait compris que le temps de l'inconscience était fini ; à présent, au lendemain de la première lecture, il cherchait dans son esprit et sa mémoire un fil conducteur qui expliquât les faits avec la force de la logique, et non avec l'éclat, peu probant, de l'autorité.

L'air immobile de la pièce où il se trouvait lui sembla inadapté à la besogne, à la difficulté de sa tâche du moment ; il sortit donc et s'adossa au mur de pierre de ce petit édifice que l'orgueil paysan continuait d'appeler château. Ses habits claquaient au vent, et dans le ciel les nuages s'étiraient en voiles fins derrière lesquels le soleil, privé de ses rayons, n'était qu'un parfait disque froid.

Il regarda autour de lui ; dans les prés, hommes

et femmes récoltaient, courbés, le dernier foin, celui qui assurerait durant le long hiver la survie des bêtes comme la leur. Que cherchaient donc les brigands chez ces gens ? Ni or ni bijoux. Et leur comportement de bandits suffisait-il à expliquer une telle férocité contre des êtres désarmés ? Pourquoi donc n'avaient-ils pas violé la vierge Floretta avant de la tuer ? Pourquoi n'avaient-ils pas déchiré ses vêtements pour abuser de son ventre ? S'étaient-ils jamais gardés du stupre, les brigands ou les soldats de rencontre, voire les chevaliers en quête de gloire ? Et puis, il s'en souvenait bien, les habits de l'enfant étaient en ordre et intacts, et le sang, partout ailleurs abondant, n'avait pas rougi ses cuisses. Et puis, qui avait entendu parler de ce Roi des Débauchés ? La servile contrition de tout à l'heure céda la place un instant à un désir de rebellion semblable à celui qui saisit l'élève à l'encontre de son maître dont il devient l'égal, mais ce ne fut qu'une ombre vite dissipée.

Le juge Ippolito à présent marchait, et tout ce qu'il voyait le convainquait de la perfection d'un ordre supérieur auquel il ne devait ni ne pouvait s'opposer : l'eau de la rivière coulait plus abondamment en été, lorsque les champs le réclamaient, en moindre quantité en hiver, les cultures dormant sous la neige, et les pluies tombaient aux bonnes saisons, le soleil brillait selon les nécessités de la terre pour faire germer les graines et mûrir les fruits ; tout obéissait au dessein du Créateur qui avait disposé toute chose selon sa volonté et pour l'utilité de ses créatures. Et comme les rivières, les astres et les vents obéissaient à la volonté supérieure, de même les hommes devaient se conformer à ce qui avait été décrété pour eux, chacun selon sa condition, chacun obéissant à celui que la providence divine avait placé à la tête de ses sujets.

Il continua à marcher sans but et sans direction, comme si le bruit de ses chaussures sur les cailloux du sentier devait imposer à ses pensées un rythme plus précis. Mais ces dernières, inquiètes au contraire, au lieu de se concentrer sur la tâche assignée, suivaient son regard et changeaient avec le changement des objets sur lesquels il se posait. Remontant à mi-côte le versant méridional, le visage tourné vers le couchant, Ippolito vit se détacher la pointe effilée du Rochemelon, et il se souvint de l'inutile entreprise de Rotario d'Asti qui, deux siècles auparavant, en avait fait l'ascension au prix de terribles efforts. Personne, chez lui, n'aurait songé à escalader les neiges de la Muzelle, ou de la Meige, ou le roc dressé du Pelvoux, entortillé sur lui-même comme, disait-on, une énorme crotte de Gargantua. Elles étaient inutiles, ces hautes montagnes, rendues stériles par les glaciers éternels et l'affleurement de la pierre nue ; d'imposantes manifestations de la majesté divine, mais également de froids et féroces gardiens de l'hiver, dispensateurs d'avalanches et d'ombre sur les vallées et sur les hommes. Combien plus précieux les pâturages, féconds, riches, gras tels ceux du Frais, ou très récemment encore ceux des Quatre Dents.

Il les chercha du regard, après s'être assis sur une grosse pierre, mais ne les vit pas tels qu'ils étaient, jaunes et desséchés ; il les vit transfigurés, d'un vert émeraude, sillonnés de cascatelles et piquetés d'étangs face aux alpages, et cette vision lui suggéra qu'il n'était pas nécessaire de réfléchir davantage, qu'il suffisait de croire : demain, il reprendrait sa mule et le chemin pour la Thullie ; les traces des ribauds seraient là où lui avait dit le Prévôt, là où il n'avait pas su les trouver la première fois.

Il redescendit en suivant le sentier ; derrière le voile des nuages, le soleil était devenu couleur de braises, et tout aux alentours tirait maintenant sur le gris. Sur les chemins les plus proches du village, il croisa les vilains de retour des champs la hotte pleine, et ceux qui s'étaient attardés dans les vignes désormais dénudées. Devant les maisons toutefois, sur les bancs installés près des portes grandes ouvertes, il y avait déjà ceux qui prenaient leur maigre souper : un morceau de tomme et une tranche de pain qui, trempée dans du lait, retrouvait un peu du moelleux du moment où, un mois auparavant, elle était sortie du four.

Après tous ces bouleversements des jours précédents, on respirait enfin un air de sérénité ; Ippolito en fut atteint, et eut brusquement envie de Margherita, non seulement de son corps, mais de sa compagnie et même, pourquoi pas, de celle de Tommaso.

Il ne retourna au château que pour y prendre un pain, un gros morceau de viande séchée et salée et une fiasque de vin ; puis, par son habituel cheminement à l'écart de la rue principale, il gagna la maison de sa veuve.

Margherita ne l'attendait pas, du moins pas davantage qu'elle ne l'attendait d'ordinaire. Il n'y avait pas de jours fixés pour leurs rencontres, dont le rythme n'était scandé que par son désir à lui et par les occasions ; cependant, il n'était jamais arrivé qu'elle se montrât moins réjouie de le retrouver et de coucher avec lui, et ce soir-là aussi, de joie ou par pose, elle afficha un sourire pour accueillir cet hôte généreux et exigeant. À les voir tous trois autour de la table, on eût dit une famille. Ils parlaient, plaisantaient, buvaient, mangeaient, riaient. Le monde est beau, pensa le juge Ippolito, et contrairement à son habitude et à ses obligations, il se mit à raconter sa mission et sa chasse au Roi des Ribauds, qu'il entamerait demain.

— Le Roi des Ribauds ? demanda Margherita surprise.

— Oui, le Roi des Ribauds, le Roi des Débauchés, ou, quel que soit son nom, ce lâche qui court les montagnes et tue des gens sans défense.

— Je croyais que ce Roi n'était qu'une invention des anciens.

Ippolito en resta déconcerté :

— Tu avais donc entendu parler de lui ?

— Quand j'étais petite, les hommes chantaient une comptine, que nos mères nous interdisaient de répéter, car ça parlait de brigands et de putains.

— T'en souviens-tu ?

— Seulement du refrain.

— C'est comment ?

Margherita chantonna de sa voix claire, une légère malice dans les yeux :

*Jean Barneaud Roi des Ribauds*
*Jean Barneaud Roi des Crapauds*
*et sa femme Ribaude*
*qu'est-ce que va faire enfin,*
*et sa femme Ribaude*
*va faire la catin.*

Le juge appuya l'un sur l'autre ses poings sur la table et y posa son menton, pensif, demeurant silencieux tandis que la veuve ramassait sa pauvre vaisselle en bois et en terre cuite. Soudain, prolongeant à voix haute sa pensée, il demanda :

— Quelqu'un l'avait-il vu, ce bandit ?

— En tout cas pas ceux que j'avais entendus chanter cette comptine : ils disaient qu'il avait fini sur le bûcher avant que naissent les pères de leurs pères.

Cela aurait pu engendrer une nouvelle conversation, mais le juge redevint silencieux, et Margherita sortit pour laver les écuelles et la planche à découper à la fontaine. Dehors il faisait noir à présent, plus noir qu'au cœur de la nuit, car la lune ne s'était pas encore levée ; et froid aussi, avec un vent d'ouest qui pénétrait mauvais dans la trame trop large des vêtements. La veuve rinça à la hâte sa vaisselle rustique, frissonnant légèrement au contact de l'eau froide, puis rentra pour voir une scène qu'elle n'avait jamais vue, ni qu'elle n'avait jamais cru voir un jour : Tommaso dormait sur les genoux d'Ippolito, et le juge lui caressait la tête, absorbé, le regard paraissant contempler les ombres que projetait sur le mur la flamme irrégulière de la lampe à huile. Margherita, encore sur le seuil, pensa à son mari, sans parvenir à l'imaginer aussi aimant ; elle éprouvait quelque chose de semblable au bonheur. Elle s'approcha de la table, et Ippolito lui tendit l'enfant endormi ; elle l'allongea dans son petit lit de châtaignier, puis, malgré le froid qu'atténuaient à peine les braises du foyer, elle se dévêtit.

Le juge savait déjà qu'il ne se coucherait pas avec elle ce soir, mais il la laissa quand même enlever sa tunique de drap et sa chemise, et rester nue ; sa peau claire, ses cuisses fermes de jument, ses seins durs s'offrant à la vue dans la pénombre de la lampe étaient une tentation trop forte. Il l'attira vers lui et, tout en restant assis, il fit courir ses mains sur ses fesses, ses lèvres sur le ventre plat et sur les aines, jusqu'à ce qu'il entendît sa respiration devenir plus haletante ; alors il l'embrassa sur la bouche, lui dit qu'il ne pouvait pas rester, et la planta là, confuse, à se demander si cet homme ne la désirait plus.

Bien au contraire, Ippolito ne l'avait jamais autant désirée que ce soir, et il regretterait après coup de ne pas avoir joui avec elle peut-être pour la dernière fois. Mais cette maudite comptine avait semé son âme de doutes.

*Jean Barneaud Roi des Ribauds*
*Jean Barneaud Roi des Crapauds*
*et sa femme Ribaude*
*qu'est-ce que va faire enfin,*
*et sa femme Ribaude*
*va faire la catin.*

Roi des Ribauds, Roi des Crapauds pour la rime, avec une épouse qui ne peut être qu'une catin, qui ne peut faire autre chose que la putain. Était-ce donc lui, le bandit sanguinaire qui avait exterminé la famille d'Isoardo ? Mais n'était-il pas mort il y a cent ans au moins ?

Un émule, un nouveau brigand avec ce nom ancien, fasciné comme souvent chez les pervers par les méfaits d'un prédécesseur. Voilà de quoi il s'agissait.

*Jean Barneaud Roi des Ribauds*
*Jean Barneaud Roi des Crapauds*
*et sa femme Ribaude*
*qu'est-ce que va faire enfin,*
*et sa femme Ribaude*
*va faire la catin.*

Ce refrain tournait dans sa bouche comme une bouchée difficile à avaler.

Cependant, le Prévôt avait parlé d'une reprise des incursions, comme s'il s'agissait du même Roi qu'autrefois. Margherita devait se tromper, elle ne comprenait pas, elle confondait, étant une femme. Dans le doute, Ippolito, avant de retourner en montagne, avait décidé d'interroger le seul notable auquel il pût encore se fier, le syndic Sibille ; pour se rendre chez lui, voilà qu'il traversait le village sombre et désert.

L'air froid avait dissipé les nébulosités du crépuscule, et dans le ciel l'étoile du soir paraissait posée sur la crête noire des montagnes. Il regretta de ne pas avoir mis son manteau ; l'automne lui était tombé dessus comme d'habitude, ponctuellement inattendu. Certain de ne croiser personne, il suivit la rue principale ; les pierres du pavement luisaient d'humidité. Il rasa les maisons ; des volets, çà et là, s'échappaient de faibles lueurs de braises incomplètement éteintes, et la fumée, après avoir noirci les murs de pierre et les poutres des toits, sortait dans la rue en emportant l'odeur un peu âcre du bois encore trop vert. Beaucoup déjà dormaient, les autres n'allaient pas tarder à le faire, dans les étables pour la plupart, dans les lits à armoires, avec les portes bien closes, pour qui pouvait se le permettre. Comme elles étaient loin, ses nuits d'écolier à Grenoble ! Les rues éclairées par des torches, les tavernes et les rives de l'Isère et du Drac comme alcôve à la belle étoile lors des chaleurs de l'été. Peut-être que ses compagnons d'autrefois, du moins ceux qui jouissaient d'un blason et d'une rente, à présent banquetaient et mangeaient cailles et faisans, civet de veau, riz au lait, anguilles à la poêle, canard aux oignons en sauce, boudin, bouilli entrelardé au vin rouge d'Orléans ou au blanc d'Auxerre, de Beaune ou de Sancerre, et encore fromage blanc, flan, gaufrettes, biscuits trempés de malvoisie et d'onéreux vins de Chypre. Mais nulle jalousie dans toute cette imagination car, pour le fils d'un berger de Saint-Christophe-en-Oisans, le simple désir même était un luxe.

Entre-temps, la lune, bien que cachée, esquissait une légère clarté derrière le coteau, donnant aux arbres sur la crête l'aspect de créatures tentaculaires. Certes, c'était là une heure indue pour rendre visite au syndic, mais Ippolito voulait être à l'abri des regards.

Parvenu chez Guigo Sibille, Ippolito vit derrière la vitre de la fenêtre une petite flamme encore allumée : c'est ce qu'il escomptait. Tout, l'élégance des pièces, la fenêtre vitrée, la lampe à huile encore allumée après les complies, dénotait une aisance sobre et nette. Le syndic était un homme sage, posé, cultivé, qui connaissait un peu de latin et qui lisait la Bible et les vies des saints. Il y a quelques années, il avait demandé à Aimerico, le menuisier, de lui fabriquer un meuble insolite pour une habitation privée, semblable à ces étagères pour l'affinage des fromages, mais aux formes infiniment plus délicates, et destiné non pas aux tommes, mais aux livres. Le menuisier ne concevait pas qu'un seul homme pût posséder assez de volumes pour remplir un meuble de quatre pieds de large mais, ce travail lui ayant été bien payé, il l'avait effectué sans trop se poser de questions. Et de fait, Guigo Sibille avait plus de livres que quiconque au village, et dans toutes les langues qu'on pouvait parler ou comprendre à Chiomonte, lieu de passage des armées et des pèlerins. Il possédait *Le poème de Jeanne d'Arc*, de Christine de Pisan, qu'il avait lui-même copié à partir de l'exemplaire d'un prêcheur itinérant ; il avait aussi le *Morgante*, dont les cruelles farces de Margutte le faisaient toujours rire ; le *Novellino* de Masuccio, qui raillait la mondanité des prêtres et des moines ; mais encore le séduisant et maudit Villon, et combien d'autres. Et donc, naturellement, ce fut un homme occupé à lire que surprit Ippolito en frappant à la porte.

— Bonsoir, syndic.

— Bonsoir, juge Ippolito ; je dois dire que je vous attendais.

— Vous m'attendiez ?

— J'attendais quelqu'un qui m'explique pourquoi ce brave Colombano est enfermé, innocent, dans les cachots de votre château.

C'était comme si l'étrangeté de cette visite nocturne avait établi un pacte tacite entre les deux hommes et leur avait permis d'abandonner toute prudence verbale.

— Je ne viens pas pour expliquer, mais pour comprendre. En premier lieu, je voudrais toutefois vous poser une question qui vous paraîtra sans doute bizarre : connaissez-vous Jean Barneaud ?

— Le Roi des Ribauds, le Roi des Débauchés ?

— C'est cela.

— Juge Ippolito, vous me croyez plus vieux que je ne le suis, plus vieux qu'aucun être humain depuis les temps de Qénân, de Mahalaléel, de Mathusalem, d'Hénoch et des autres patriarches avant Noé. Jean Barneaud est mort sur le bûcher avec ses Ribauds en 1418, à Bardonecchia. Son histoire est aujourd'hui presque oubliée, et ne subsiste qu'à travers quelques strophes triviales.

Le juge chantonna celle qu'il connaissait :

*Jean Barneaud Roi des Ribauds*
*Jean Barneaud Roi des Crapauds*
*et sa femme Ribaude*
*qu'est-ce que va faire enfin,*
*et sa femme Ribaude*
*va faire la catin.*

— En voilà une, dit Sibille en souriant et il reprit : on disait les Ribauds sorciers, initiés aux rites magiques par les marchands juifs et par ceux de la triste engeance des marranes d'Espagne. Les gens croyaient que leurs femmes étaient des nobles et des princesses enlevées et retenues par des enchantements, mais je crois plutôt qu'il s'agissait de pauvres folles, d'enfants volées et de catins ne trouvant plus de clients. Les Ribauds étaient une troupe de rebelles, d'assassins, de voleurs, trop primaires pour pénétrer les mystères alchimiques, trop sauvages également pour la sorcellerie. Pensez-vous que tout ceci vous aidera à sauver Colombano ?

— Cela m'aidera peut-être à ne pas suivre une fausse piste, et à me défier de qui me l'a indiquée.

Ippolito eut envie d'évoquer la lettre qu'il avait reçue du Prévôt, mais il s'abstint, décidant de garder pour lui ses propres doutes.

— Vous êtes un homme avisé, juge Ippolito ; pardonnez-moi si j'ai douté de vous, mais j'ai vu trop d'horreurs et j'en ai entendu raconter trop par mon père et par le père de mon père : ma foi en la justice des hommes vacille de plus en plus.

— Racontez- moi donc ce que vous savez, afin que ne se répètent pas les erreurs du passé.

— Je vous en raconterai, si vous le souhaitez, mais n'accordez pas trop à la perfectibilité de l'Homme : les erreurs passées se reproduiront. Mes oreilles ont entendu Alberto Cattaneo extorquer de l'argent aux habitants de la vallée de Thures et de l'Argentière, les menaçant de les tuer comme des sectateurs de l'hérétique Pierre Valdo ; et avant lui, Bartolomeo Aggroffati a semé la terreur dans nos montagnes, si bien que les anciens, redoutant d'être pris pour des sorciers, se cachaient même pour se préparer des infusions de verveine ou des emplâtres de feuilles de châtaignier qui soulagent les douleurs osseuses ou les membres engourdis par le froid et les ans.

— Cependant, l'interrompit Ippolito, on ne peut pas nier l'existence du démon et de ses émissaires sur terre : le feu purifie ceux qui se sont laissé séduire par le Malin, et les libère de la corruption du péché.

— Mais le feu peut s'étendre sans contrôle, comme lorsqu'on incendie un bois pour le transformer en terre cultivable : le vent se lève et les flammes s'emparent des habitations, des fenils, des bêtes et même de la maison de Dieu. Il y a cent ans de cela, le feu des bûchers n'a que trop éclairé les terres du bas Dauphiné, de Bardonecchia à Chiomonte, d'Oulx à Prazlat, et en même temps que les sorcières et que les assassins sont morts des foules de simples d'esprit, de visionnaires et d'ivrognes. À Savoulx, au temps de mon père, on riait encore de la femme d'un certain Laurent Moti, qui, ne voulant plus avoir de commerce charnel avec lui, disait avoir invoqué un diable du nom de Guillamet afin qu'il dessèche le membre de son mari. La pauvre idiote avait avoué que le diable lui était apparu d'abord sous la forme d'un coq noir, puis sous les espèces d'un jeune homme vêtu de blanc, lequel, en signe d'éloignement de Dieu, lui avait demandé de verser par terre une écuelle de lait. Il semble que Laurent Moti ait continué longtemps ses fornications, tandis que sa femme a fini sur le bûcher de Bardonecchia. Je vous le demande, juge, vous paraît-il possible que le diable offre ses services pour si peu ?

— Le démon se réjouit même du plus petit des maux, répondit Ippolito, mais sans conviction.

— Et Tommaso Bègue, de Chiomonte même, en quoi avait-il servi Satan ? C'était un fou, avec un corps de vieillard et un visage d'enfant. On lui a fait avouer qu'il avait invoqué par trois fois le diable Mermet à Exilles, la nuit d'un mardi, et en signe de clémence pour sa confession spontanée, sans recours à la torture, au lieu de le brûler, on l'a noyé dans les eaux glacées de la Doire, en plein hiver, à Exilles même où il avait dit avoir vu son diable détaler comme un chat noir.

— Heureusement, intervint le juge, lorsqu'il accueille les âmes, le Seigneur sait apaiser les souffrances humaines. Mais n'ayez crainte, syndic, je ferai tout pour que Colombano n'ait pas à connaître le bûcher ou le gibet ; et pour cela votre aide m'a été précieuse.

— Si vous les acceptez, je peux peut-être vous donner encore deux conseils. Le premier concerne les papiers : vous avez été très habile avec les documents des archives communales, mais, depuis quelque temps, j'ai le sentiment que sur l'aqueduc de la Thullie ont été passés de nouveaux accords, des accords secrets. Le pays semble moins divisé qu'auparavant, et tous paraissent attendre avec angoisse la fin des travaux. S'il y a vraiment eu un accord, il doit y avoir quelque part un acte qui le ratifie, car personne ici n'est assez naïf pour se fier à la seule parole d'autrui.

Combien il est étrange que les mêmes signes donnent aux hommes des impressions aussi différentes ; à partir de tout ce qu'il avait vu et entendu, Ippolito s'était forgé une opinion opposée à celle du syndic, et il avait cru que les divisions n'avaient jamais été aussi profondes ; mais, après tout, ce n'étaient là que des idées : à chacun la sienne.

— La seconde chose que je voulais vous dire est la suivante : avez-vous remarqué combien Colombano était épié, observé, contrôlé par les gens des alpages ?

Cette fois le juge se trouvait d'accord et il hocha la tête.

— Eh bien, dans ce cas, quelqu'un pourrait être utile à votre cause, qui a regardé les choses du dehors, qui a épié les observateurs et l'observé, quelqu'un qui peut tout voir sans être vu.

— Syndic, si c'est à l'aide de Dieu que vous voulez me renvoyer, sachez qu'en chacune de mes actions j'en appelle à lui…

— Non, ce n'était pas à Dieu que je voulais vous recommander ; à présent, si vous le voulez bien, approchez votre tabouret et écoutez-moi.

Frappé par la soudaine baisse de ton de la voix, et par ce parler serein du vénérable sage, le jeune se rapprocha de l'ancien et tendit l'oreille. Qui les aurait vus de dehors, dans la lueur de la lampe, enfermés dans ce cabinet rustique aux murs de pierre nue, aurait cru voir deux docteurs en train de disputer de questions insaisissables, de l'entéléchie, ou même de Gorgias et de la fausseté de la parole.

Ce ne fut qu'après avoir beaucoup argumenté et beaucoup écouté qu'Ippolito se leva et qu'il ouvrit la porte pour sortir.

— Bonne nuit, syndic Sibille.

— Bonne nuit, juge Ippolito ; que le Ciel soit avec vous.

## VII

## *Cinquième strophe**

D'un peu de repos, voilà tout ce dont il avait besoin pour le moment. Conformément au plan de la veille, il était monté à la Thullie, sans mule cette fois-ci, mais avec un petit sac noué à un bâton, qui lui donnait l'allure d'un pèlerin en route pour Compostelle. En chemin, il avait quitté le sentier à plusieurs reprises pour s'enfoncer dans le bois épais qui dominait les Ramats : n'était-ce pas dans les bois que se cachait celui que le syndic Sibille lui avait dit de chercher ? Il avait minutieusement exploré les fourrés, dans l'espoir d'y découvrir une piste de rameaux brisés, en vain. De même, il avait levé les yeux vers la voûte compacte des feuillages, qui empêchait presque d'apercevoir le ciel, prêt

* Cette strophe manque. La chanteuse se souvenait seulement qu'on y parlait de l'*om selvaie*, de l'Homme Sauvage, mais rien de plus ; normalement, elle sautait cette strophe, dont l'existence originelle est cependant certaine.

à y déceler un abri dans les frondaisons : que des branches tortueuses s'entrelaçant dans d'étranges embrassades, déterminées par leur seule nature. De l'autre, aucune trace. N'était-il pas par définition introuvable ? Voilà ce que lui avait dit encore le syndic le soir précédent. Que de choses lui avait-il dites ! De loin en loin, tout en marchant, Ippolito se répétait mentalement quelques phrases de ce long dialogue, pour s'assurer que cette quête folle qu'il menait n'était pas seulement le fruit de son esprit exalté.

— Ippolito, croyez-vous à l'existence de l'Homme Sauvage ? lui avait demandé le vieillard.

— Des femmes et des hommes de tous âges et de différents lieux disent l'avoir vu, avait-il répondu.

— Mais vous, juge, l'avez-vous vu de vos yeux ?

— Moi, non, jamais ; mais dans le village où je suis né, à Saint-Christophe, dans l'Oisans, on racontait qu'autrefois l'Homme Sauvage surgissait soudain parmi les maisons, le soir, effrayant tout le monde avec sa barbe broussailleuse et ses cheveux ébouriffés, davantage une crinière qu'une chevelure. Mais, au fond, il n'était pas méchant, et à ceux qui avaient eu le courage de ne pas fuir et de l'abriter dans leur étable, il avait révélé les secrets du lait, de la présure et de la cire.

— C'est ce qu'on dit aussi chez nous, sauf l'histoire de la cire. Dans votre village, y avait-il quelqu'un capable de transformer le petit lait résiduel en cire à chandelle ?

— À vrai dire, non.

— Pas davantage ici, à Chiomonte, ou à Millaures, ou à Fenils, ou dans l'un des villages qui composent l'*escarton* d'Oulx. Vos anciens ne vous ont-ils pas raconté l'histoire de la clef ?

— Non.

— On raconte par ici que l'Homme Sauvage avait réuni dans une grande étable, de nombreux soirs durant, tous les jeunes du village afin de leur apprendre à tirer du lait toutes les richesses qu'il pouvait fournir. Il leur avait expliqué comment obtenir le meilleur beurre, le fromage le plus savoureux et qui se conserve le mieux, et avait gardé pour la fin le procédé le plus subtil et le plus mystérieux, celui qui permet de transformer le petit lait, le résidu pauvre et inutile de toutes les opérations précédentes, en une excellente cire à chandelle. Mais, précisément le dernier soir, les jeunes, qui avaient abandonné toute crainte à l'égard de l'Homme Sauvage, chauffèrent sur le feu une grosse clef, qu'ils placèrent sur son banc juste avant qu'il ne s'asseye ; le Sauvage se brûla et s'enfuit pour toujours : voilà pourquoi nous ne savons pas comment faire de la cire avec le lait.

Parfois, ces phrases lui paraissaient absurdes. Qui sait quelle aurait été l'irritation du Prévôt s'il l'avait su là-haut, non point à la recherche des traces tangibles d'une bande de brigands, mais engagé dans une chasse impossible. Voilà que lui, pour qui l'obéissance n'avait jamais été une contrainte, se permettait d'ignorer les ordres. Quel fourvoiement s'était donc emparé de sa personne ? Peut-être était-ce qu'il n'avait auparavant jamais perdu toute confiance en celui qui le commandait. Mais pourquoi son seigneur avait-il voulu se jouer de lui en livrant ce nom : Jean Barneaud ? Pourquoi lui avoir raconté une histoire aussi manifestement fausse ? Pour ce maudit Roi des Ribauds, Margherita s'était presque moquée de lui, et il s'en était fallu de peu que le syndic ne le prenne pour un fou.

Du repos, il lui fallait du repos. Il avait marché toute la journée, et n'avait même pas atteint le sommet de la montagne. Toute la journée à passer au crible, caillou après caillou, le versant exposé au midi : du territoire des Ramats à celui de Cels, puis de nouveau en arrière, sur un parcours tortueux qui l'avait épuisé. Ronces, buis, rhododendrons desséchés et branches grêles de jeunes noisetiers : tout lui faisait obstacle. Et voilà qu'il n'avait plus qu'une envie, celle de se coucher par terre et de s'y abandonner ; mais non pas là, dans l'ombre qui s'était dessinée sur la pente lorsque le soleil avait baissé à l'horizon, car le vent à présent lui glaçait la sueur du dos et faisait frissonner sa peau gelée. Il lui fallait gagner les hauteurs, la crête, là où les rayons dorés réchauffaient encore les rochers.

Il marcha encore un peu en suivant la trace en diagonale et, lorsqu'il vit juste au-dessus de lui les pointes claires des Quatre Dents, il eut un mouvement de joie : la crête, et sa tiédeur, était toute proche. Quatre Dents, huit, douze et même davantage, tant étaient nombreux ces pics acuminés de calcaire blanc comme fichés dans la côte herbue en forme de gigantesque bouche. Là, le paysage devenait irréel, si différent des autres cimes de granit sombre, et plus irréel et inquiétant encore à l'heure où le soleil couchant rougissait les dents blanches, les transformant en crocs d'une bête sauvage après un sanglant repas. Mais ce rouge n'évoqua à Ippolito que la chaleur du feu et, lorsqu'il y parvint, il s'adossa à un de ces énormes rochers et se prit la tête dans les mains.

— Mais vous-même, juge, croyez-vous à l'Homme Sauvage ?

À peine son corps avait-il trouvé le repos que son esprit retournait à la conversation de la veille avec le syndic Sibille, et surtout à cette question qui paraissait résumer à elle seule toute la substance de ces propos :

« Mais vous-même, juge, croyez-vous à l'Homme Sauvage ? »

Le syndic la lui avait de nouveau posée, après lui avoir raconté l'épisode de la clef, et lui, après toutes ces histoires, s'était entendu dire ce qu'il pensait au fond de son cœur : oui, il y croyait.

— Pas moi, avait répondu de manière surprenante le vieillard, avant de poursuivre. On l'a vu dans l'Oisans, comme vous le dites, on l'a vu ici à Chiomonte, d'autres sur les terres des ducs de Savoie, d'autres encore dans les montagnes où l'on parle des langues alémaniques. Les aïeux l'ont vu, les pères, les fils et les petits-fils. Alors, je vous le demande : qui est donc celui qui vit partout et toujours, à travers le temps et l'espace ?

— Un sorcier.

— Ah, juge, voyez comme on retombe vite dans la même erreur ! Encore la sorcellerie, encore Satan. Mais quelle est plutôt cette chose qui ne meurt jamais, qui jouit du don d'ubiquité, qu'on peut donner sans la perdre, qu'on partage sans la diviser, sans que chacun reçoive une partie plus petite que le tout ?

Ippolito à présent s'en souvenait très bien : il était resté silencieux et perplexe, et le syndic lui avait donné lui-même la réponse.

— Une idée, voilà ce que c'est. L'Homme Sauvage n'est qu'une idée, mais il n'en est pas pour autant moins réel.

Quelle confusion, que de contradictions. Même maintenant qu'il y repensait, profitant des derniers instants de soleil, le dos contre la surface chaude de la roche, Ippolito ressentait toute la difficulté éprouvée à suivre les raisonnements du brave Sibille.

— Je crois pour ma part, avait poursuivi le syndic, que de temps en temps quelqu'un ne résiste pas au désir d'incarner lui-même l'idée de l'Homme Sauvage, de passer du civilisé qu'il est au sauvage. Certes, c'est parfois la folie qui conduit à une existence bestiale, mais bien plus souvent la sagesse ; avez-vous remarqué que toutes les légendes nous le décrivent comme un sage ? Je suis persuadé qu'il n'existe pas un Homme Sauvage, mais dix, ou cent, ou mille hommes des bois. Des hommes engendrés par des mères normales, élevés dans des maisons normales ; des hommes qui s'appelaient Guigo, Francesco, Ippolito, Antonio, Einardo, Durante, et qui, un beau jour, ont décidé de ne plus s'appeler que Sauvage.

— Mais pourquoi donc ?

— Pour connaître la vraie sagesse, pour regarder l'humanité du dehors. Écoutez-moi, juge : depuis plus d'un an, l'Homme Sauvage semble de retour sur nos montagnes. C'est ce que disent les bergers de la Thullie et du vallon de Tiraculo, mais à demi-mot ; ils disent l'avoir vu, vêtu d'un sac ; ils disent qu'ils ont laissé dans les pâturages des brebis malades, moribondes, et qu'ils les ont retrouvées saines, leurs blessures guéries. Ils le craignent et l'aiment tout ensemble, et s'ils ne vous en ont pas parlé, c'est par crainte que vous ne le pourchassiez.

— Pensez-vous que ce soit lui l'assassin d'Isoardo ?

— Non, ne croyez pas que ce soit aussi simple. L'Homme Sauvage apporte la vie, non la mort. Mais il pourrait avoir vu des choses que vous ignorez, que personne d'entre nous ne peut savoir. Cherchez-le ; vous ne le trouverez pas, mais continuez à le chercher, car ce pourrait bien ne pas être en vain.

Eh bien, maintenant que tout le discours du vieux Sibille était repassé dans son esprit, Ippolito se sentait aussi égaré qu'auparavant. Le chercher, sans pouvoir le trouver, et cependant ne pas agir vainement. Le syndic se prenait-il pour un oracle ? Quel message énigmatique livrait-il donc ?

Il se maudissait à présent d'avoir suivi le conseil du vieillard ; il se maudissait d'avoir passé la journée entière à chercher sans trouver, et maintenant qu'il ne restait plus du soleil qu'une lueur bleue derrière le col de Clopaca, c'était une nuit en montagne, seul, qui l'attendait.

Il se remit debout ; la crête des Quatre Dents avait été une bonne étape, mais ne pouvait lui offrir un abri pour dormir, et à cette altitude la couverture que le juge avait dans son sac ne suffirait pas à le protéger du froid. Il reprit le sentier qui franchissait la crête et, de là-haut, il vit les granges de la Thullie. Il était sûr que personne n'y était entré après que les cadavres d'Isoardo et de sa famille, ainsi que ceux des animaux, avaient été emportés par les champiers ; il s'y arrêterait donc, même si cette idée à elle seule provoquait en lui une angoisse insupportable.

Il descendit lentement, sur le versant opposé à celui par lequel il était monté. Dans la pénombre qui tournait désormais à l'obscurité, le plateau de la Thullie, malgré l'herbe grasse qui le recouvrait et les ruisseaux qui le sillonnaient, paraissait désolé, parsemé qu'il était de mille petits rochers qui figuraient autant de corps sans vie. Ou peut-être était-ce Ippolito qui, depuis ce matin de la fin août, ne parvenait plus à le voir autrement. Outre le plateau, l'ample déclivité uniforme qui conduisait au sommet des brouillards et aux glaciers éternels ne suscitait pas davantage de joie.

Lorsque le juge arriva à l'alpage, les objets, les chalets et tout ce qui se détachait du niveau de l'herbe, n'étaient que des volumes indéfinis aux contours comme aspirés par l'obscurité. D'un léger coup de pied, il ouvrit la porte de ce qui avait été la maison d'Isoardo, et entra. Il atteignit à tâtons la table, tira de son sac une chandelle de suif et, après quelques battements de briquet, réussit à allumer la mèche. Plus que de lumière, il lui sembla que l'espace alentour se remplissait d'ombres et de silhouettes : du sol, Isoardo le regardait avec stupéfaction, tandis qu'un peu plus loin, agités par le vent qui pénétrait par les fentes, les cheveux des trois femmes s'entortillaient comme les serpents de Méduse, rappelant presque, dans ces chevelures, l'enchevêtrement des corps inertes abandonnés par terre.

Enlevez-les, pour l'amour de Dieu ; enlevez ces cadavres, évitez aux vivants le regard de ces morts.

Ippolito dut respirer profondément pour trouver la force d'effacer cette vision infernale. Il ferma les paupières ; quand il les rouvrit, les morts avaient disparu sinon de son esprit, du moins du sol qui, comme la table, avait été purifié des souillures de ce terrible jour. Les traces de la dévastation étaient cependant encore bien visibles tout autour : la lampe par terre, le coffre toujours renversé, mais nettoyé de la farine qui s'était répandue, le banc couché sur un côté, et çà et là les quelques objets ordinairement sur les étagères.

Ayant retrouvé un peu de calme, le juge releva le banc et s'y assit pour manger le fromage qu'il avait apporté et pour se donner du courage grâce au vin de son flacon. Il en fallait bien davantage pour vraiment dominer la peur : chaque bruit, chaque grincement de la table, chaque pause du gargouillement de la source dehors, chaque infime vibration de la flamme de la chandelle le jetait dans l'angoisse.

Pourquoi être monté ici ? Pourquoi ne pas être resté plutôt dans les draps de Margherita ? Au diable Sibille et ses conseils ! Au diable Rostollan et Guy ! Au diable le Prévôt, même ! Dans cette maison maudite, il sentait la mort se rapprocher ; peut-être cette nuit même. Qui sait ? Il vomirait du sang, il porterait les mains à sa bouche et s'écroulerait à terre, les yeux exorbités. Ou encore la Bertona, la sorcière du col, le ferait disparaître comme beaucoup d'autres avant lui, comme elle avait fait disparaître ce vielleur de Provence.

Le juge buvait, mais plus il buvait, plus ses obsessions devenaient réelles.

Oui, ces deux ménétriers venus des contrées occitanes, avec leurs fifres et leur vielle. Ils se dirigeaient vers Suse ; ils cheminaient, parlaient, chantaient, jusqu'à ce que, sur la dernière crête du col, avant le vallon, ils se taisent à cause de l'effort et continuent en silence, l'un devant pour rythmer la marche, l'autre derrière. Une fois passé le col, le premier s'était retourné, pour n'apercevoir derrière lui qu'une pente déserte. Il avait crié, appelé, cherché, mais l'autre musicien avait été pris pour toujours par la Bertona. Oui, la Bertona, le diable, les sorciers ou les brigands ; quelqu'un viendrait le prendre lui aussi dans la nuit.

Pour supprimer ces ombres sur les murs, il éteignit la chandelle et, sans chercher la paillasse de feuilles, il s'allongea sur le banc, les yeux écarquillés dans l'obscurité, puis mi-clos, et finalement crispés sur un sommeil agité, peuplé de cauchemars.

Dans la galerie creusée par Colombano, on n'entendait plus la respiration de l'air du conduit ; le soufflet était immobile depuis que le tailleur de pierres l'avait arrêté. On n'entendait que l'égouttement çà et là de quelque filet d'eau, multiplié par les ricochets sur les roches. Ippolito avançait dans l'obscurité, comme il l'avait fait la première fois, les bras écartés, les mains touchant les parois humides. À présent il savait ce qu'il trouverait au fond ; quelque chose de plus mystérieux que la porte de l'enfer, de plus terrifiant que l'antre des sorcières. L'odeur d'urine de chèvre s'accentuait. Il était proche, tout près ! Le cabinet de l'alchimiste, le lieu des transmutations devait se trouver là, à quelques pas. Soudain, un bruit, comme un ruisseau ; plus, une cascade, un fleuve. Un mur d'eau courait sur lui. Inutile de fuir, l'eau froide sur le dos lui pousse la face contre la roche, la roche cède et se fracasse ; mais entre la lumière, entre l'air : la galerie est achevée, la terre est forée, voilà Ippolito de l'autre côté, couché sur l'herbe, conscient, mais incapable de bouger. S'approche alors une ourse, qui le flaire : Ippolito gît sans défense. L'ourse lui touche du museau les jambes et le ventre, mais lui reste immobile. Elle pose son museau sur son visage ; il en sent l'haleine chaude et bestiale, qui l'envahit, le suffoque…

Ippolito aurait bien d'autres occasions, par la suite, de quitter un horrible rêve pour jouir de la réalité retrouvée ; mais cette fois, peut-être aurait-il préféré ne pas se réveiller. Le passage du sommeil à la veille fut brusque et épouvantable ; l'haleine fétide qui l'avait suffoqué dans son sommeil ne s'était pas envolée, au contraire, elle s'était associée à un râle de moribond ; et quand enfin il ouvrit les yeux, il se retrouva devant ceux d'un animal inconnu, un animal dont le museau hirsute changeait de forme à la lueur de la petite flamme d'une lampe. Bien que pétrifié d'épouvante, le juge comprit en un instant le sens des paroles du syndic.

— … Cherchez-le ; vous ne le trouverez pas,

mais continuez à le chercher, car ce pourrait bien ne pas être en vain…

Chercher l'Homme Sauvage ne permettait pas de le trouver, mais d'en être trouvé. Toute la journée, le Sauvage avait dû le suivre, l'épier, et lorsqu'il l'avait voulu, lorsqu'il s'était senti en sécurité, il s'était manifesté. À présent il était là, dans la grange d'Isoardo, au-dessus du corps d'Ippolito couché sur le banc, prêt à attaquer, à fuir, ou peut-être à parler.

Le poignard. Avec un poignard dans les mains, on est plus rassuré.

Mais son poignard était resté sur la table après avoir servi à couper le fromage : Ippolito avait même ri de la disproportion entre l'instrument et le but ; à présent, immobilisé sur le banc par cette matérialisation de toutes ses hallucinations, il n'en riait plus.

— Qui est l'homme qui m'a traqué comme si j'étais un fauve ?

— N'as-tu pas l'aspect d'un fauve ?

— As-tu déjà entendu un fauve parler ta langue ? Ou préfères-tu que je parle en latin ? *In illo tempore : Dixit Jeusus discipulis suis : Amen, amen dico vobis, nisi granum frumenti cadens in terram…*

— Arrête, que tes lèvres sauvages n'osent plus prononcer les paroles de Notre-Seigneur, car ce serait un blasphème.

— Dis-moi donc ton nom.

Ippolito aurait dû poser la même question, avec plus de fermeté encore mais, à cet instant, la valeur de l'autorité qu'il représentait lui parut nulle, et il se plia à répondre en premier.

— Je m'appelle Ippolito Berthe, je suis juge à Chiomonte pour le compte du seigneur de ces terres, le Prévôt d'Oulx.

— Ton seigneur t'aurait-il ordonné de lui rapporter un sorcier pour ses bûchers ? Ou peut-être a-t-il besoin d'une bête insolite pour sa ménagerie. Quel mesquin ; il croit sans doute pouvoir se contenter d'un Homme Sauvage pour rivaliser en grandeur avec les princes et les ducs, lesquels ont dans leurs cours des loups-garous et d'horribles nains noirs qu'ils appellent Pygmées, mais encore des hommes à la tête et aux pattes de chien, qu'on trouve dans la cité de Goia et qui servent dans l'armée du Prêtre Jean ; se croit-il vraiment capable de se mesurer à eux ?

— Ce n'est pas pour cela que je suis monté jusqu'ici… commença Ippolito.

Mais le Sauvage ne le laissa par terminer.

— Nous vivons des temps corrompus, où le plus misérable des nobles se prend pour le Grand Khan, mais le Ciel veut qu'il s'agisse d'ignorants, sans quoi, s'ils lisaient les récits des voyageurs, ils se mettraient assurément en tête d'imiter les souverains de l'Orient, et on les verrait sur les lacs de nos montagnes chasser les licornes, et je m'en voudrais pour ma part d'avoir sauvé de l'eau et de la vermine le livre qui enseigne cette chasse, le livre des merveilles de Jacopo da Sanseverino, que j'ai appris par cœur à la manière des anciens, pour m'assurer qu'il ne disparaîtrait pas tant que je vivrais.

Son visage devint celui d'un possédé, et sa voix commença à déclamer les paroles que son esprit altéré avait aussi jalousement conservées.

— ... il me conduisit dans un lieu où se trouvaient soixante licornes, attachées par des chaînes d'or, car elles sont très féroces et fort braves. Personne ne peut les approcher, sinon neuf filles vierges, car il s'agit de l'animal le plus farouche entre tous ; elles se nourrissent d'écorces de laurier. Nous demandâmes comment on les capture. Il répondit : « Je vous le montrerai ; nous irons ensemble demain, et vous verrez la chose la plus étrange que vous ayez jamais vue. »

Le juge assistait à la récitation de ce personnage frénétique, et en était à la fois abasourdi, troublé et intrigué : qui donc, sur ces montagnes, pouvait s'intéresser aux licornes et aux récits des voyageurs dans les pays lointains ? En attendant, l'autre continuait, devenu un vrai livre vivant.

— Le lendemain, donc, nous partîmes pour cinq jours de chasse, dans un pays fort désert où elle se tient ; il y a de très grands bois et de nombreuses étendues d'eau ; et ces étangs abritent des serpents de diverses espèces, nombre de lions, nombre de licornes et d'autres animaux encore ; ce pays s'appelle Somaète. Aucune bête ne boit dans ces étangs tant que les licornes ne sont pas venues tremper leur corne dans ces eaux pour y boire ; après qu'elles ont bu, les autres animaux boivent à leur tour.

Au paroxysme de sa fougue oratoire, la créature s'était dressée debout, libérant le corps du juge de son opprimante étreinte. Le poignard sur la table. Un geste, un seul geste, rapide et résolu, un geste, et le plus leste serait sauvé, sauvé de la dangereuse terreur de l'autre. Ippolito lorgnait la table en bois, mesurait mentalement la distance et le temps qui le séparaient de l'arme et du salut ; l'autre fixait des yeux son public imaginaire, constitué d'ombres sur le mur, ce qui suffit à rassurer le juge et à lui faire faire le geste décisif.

L'une des multiples présomptions de l'homme cultivé, pensa Ippolito par la suite, est celle de la primauté de la vue : le savant lit, observe, admire, regarde et endort tous ses sens autres que la vue ; au contraire, le sauvage flaire, écoute, et surtout... surtout... Mais quel mystérieux sens avait donc permis à l'Homme Sauvage de deviner l'intention d'Ippolito ? Quelle impulsion obscure l'avait fait se précipiter sur le poignard avant même que le juge puisse seulement lever la main ?

C'en était fini de lui, à présent. Ce n'était ni le diable, ni la Bertona, ni les sorciers, mais l'Homme Sauvage qui allait lui donner la mort.

Comme le chat tient la souris sous son joug avant de la dévorer brusquement, ainsi faisait le Sauvage avec Ippolito : il brandissait l'arme et continuait, avec les mots de l'insigne Jacopo da Sanseverino, à décrire la meilleure façon de chasser la licorne.

— Sachez donc que ce seigneur rassemble plusieurs filles vierges pour les disposer tout autour de ces lacs, et il fait chasser ces licornes avec de nombreux chevaux ; mais comme la licorne flaire ces jeunes filles, il lui faut les trouver vierges ; une fois vers elles, elle pose sa tête sur leur sein, et s'y endort. Or ces jeunes filles sont dressées par leur seigneur : elles attachent la licorne avec des cordes et la conduisent à leur gré. Mais si la jeune fille n'était pas vierge, elle serait tuée à l'instant. Après avoir assisté à cette chasse, nous retournâmes dans la vallée.

Le spectacle était fini, la chasse imaginaire, que les seigneurs locaux auraient pu imiter, s'était conclue : combien lui restait-il à vivre ?

Ippolito sentait déjà la lame lui lacérer les chairs, mais le Sauvage, épuisé par son monologue, s'affala sur le banc, sans pour autant lâcher son arme.

— Alors, juge, dit-il d'une voix traînante, pourquoi me poursuis-tu ?

— Je n'ai rien contre toi, mais il y a un homme dans les cachots de mon château, et tu pourrais peut-être l'en tirer.

— Fais-le toi-même ; ne crois-tu pas que ce serait plus simple ?

— Non, absolument pas : je dois rendre la justice, non agir à ma convenance.

— Votre justice me laisse indifférent.

— Même la vie d'un homme ?

L'Homme Sauvage y réfléchit.

— Oui, même la vie d'un homme.

— Alors tue-moi avec mon propre poignard, ou alors fais-moi mourir dans d'indicibles souffrances, comme tu l'as fait avec la pauvre Floretta et avec toutes les créatures qui vivaient sous ce toit, et qui menaient les bêtes sur ces pacages. Oui, tue-moi comme eux, fais en sorte que de mes viscères suinte le sang, en même temps que toutes les autres humeurs, qu'il remonte de ma gorge pour finalement s'écouler par ma bouche, tandis que mon âme s'en ira rencontrer son Créateur.

Calcul ? Désespoir ? Inconscience ? Quelle que soit la chose qui avait poussé Ippolito à prononcer ces paroles, elle vint comme une bénédiction.

Le Sauvage fut secoué de tremblements si profonds qu'on l'aurait cru en proie à un délire soudain, et ses larmes se mirent à jaillir en abondance. La laine de ses joues en fut aussitôt trempée, mais cela n'arrêta pas le sanglotement convulsif.

À présent peut-être le juge le tenait-il en son pouvoir. Il éleva la flamme de la lampe que le Sauvage avait lui-même apportée, et une lumière cruelle éclaira le visage de l'homme qui pleurait. Désormais privé également de la protection de la pénombre, le Sauvage se rendit.

— Je ne donne pas la mort, moi, dit-il encore entre deux sanglots.

Ippolito pensa que le syndic Sibille devait le connaître bien mieux qu'il ne le lui avait laissé entendre.

— Moi, je n'ai tué personne. Je ne tue pas même les animaux des bois, pas même les insectes les plus agaçants. Je me nourris de racines, d'épinards sauvages et des fruits que le bon Dieu sème sur mon chemin. Parfois, les bergers me laissent du lait ou du fromage. Ils les laissent en dehors des chalets, afin que je les prenne la nuit. Moi, je ne tue pas, je ne peux pas tuer, je ne peux même pas voir tuer…

— Est-ce la raison pour laquelle tu as quitté la Novalaise ? Pour ne pas voir les vachers égorger les cochons et les veaux ?

Chez l'homme, l'angoisse fit place à la surprise.

— Comment sais-tu que j'étais à la Novalaise ?

— Regarde-toi. Ce que tu as sur le dos est le plus déchiré, le plus sale et usé des frocs, mais c'est toujours un froc. Et puis, tu sais le latin, tu récites l'Évangile de Notre-Seigneur, et ta scène de tout à l'heure trahit une longue fréquentation des études et des bibliothèques. Crois-tu que cela ne suffit pas pour comprendre que tu es un moine ? Or, d'où peut venir un moine qui choisit d'être ermite sur les montagnes entre Mont-Cenis et Mont-Genèvre ? Viendrait-il à pied de Saint-Gall ? Ou peut-être de la Chartreuse ? Ou bien, dis-moi, étais-tu à Hautecombe ? Non, tu as quitté ton abbaye, la Novalaise, tu as remonté les pâturages de la communauté de Venaus, tu as franchi le sillon de la Valle Clarea, et tu t'es arrêté ici. Dis-moi ton nom, donc.

— Bernardo.

Dans la maison en pierre, au cœur de la nuit, les deux hommes avaient finalement oublié leur peur réciproque et se faisaient face, tous deux à cheval sur le banc.

Ippolito tendit à Bernardo le fromage qu'il lui restait, et ce dernier l'engloutit avec voracité, presque sans le mâcher.

— Bernardo, aujourd'hui tu as observé chacun de mes pas sans que je te voie, n'est-ce pas ?

L'autre hocha la tête.

— Observes-tu toujours avec autant d'attention ce qui se passe dans le coin ?

La peur s'était désormais dissipée, mais non la méfiance ; Bernardo flaira dans la question l'ombre d'un piège, et mesura sa réponse.

— Je suis seul au monde, je dois toujours me garder des dangers.

— Et ta prudence ne t'a jamais conduit à découvrir ou à entendre des choses nouvelles ou surprenantes sur l'ouvrage de Colombano Romean ?

— Plus surprenantes que le vacarme de ces enragés qui l'ont capturé par traîtrise ?

— As-tu assisté à ces faits ?

— Oui, d'en haut. J'étais caché dans la grotte qui surplombe l'entrée de la galerie.

Aux réponses paisibles et quelque peu monotones de Bernardo, Ippolito donnait des signes d'une impatience croissante, comme s'il avait la ferme conviction que le moine voulait l'éloigner de la vérité.

— Écoute-moi bien, car je n'aurai pas de question plus directe : sais-tu qui a tué Isoardo ?

L'autre secoua violemment la tête de dénégation, mais ne dit rien : l'idée même du meurtre lui ôtait la parole.

C'était comme interroger un enfant. Quel âge avait donc Bernardo ? Le découvrir demandait tout un travail de devin. Dans la masse hirsute et sale de ses cheveux et de sa barbe surgissaient d'abondants poils blancs, et sa peau sombre paraissait une terre sèche et craquelée par le soleil, tant elle était sillonnée de rides profondes. Toutefois, dans ses mouvements et dans la mobilité de son regard, on lisait les signes d'une jeunesse pas si lointaine.

Interroger un gosse, un enfant sincère, mais qui répond seulement quand la question est précise et circonscrite.

— Durant l'été, as-tu vu Colombano sortir souvent de la galerie ?

Nouvelle dénégation silencieuse, devant laquelle le juge essaya de ne pas s'irriter.

— Est-il vrai qu'il restait là-dedans des semaines entières ?

— Oui.

— Qui lui apportait à manger ?

— Son chien. Il montait tous les jours des Ramats, un petit panier attaché au cou.

— Tu n'as jamais vu d'autres personnes s'approcher du trou ?

— Une seule fois.

— Qui était-ce ?

Bernardo écarta les bras.

— Bon Dieu, Bernardo, parle ! Fais-moi entendre ta voix, comme tout à l'heure quand tu déclamais. Abandonne toute peur et parle, tu ne manques ni d'éloquence ni d'intelligence.

Le Sauvage sembla agité d'un sursaut.

— Un jour, peut-être deux semaines avant la mort d'Isoardo et de sa famille, trois hommes sont montés ; ils avaient l'air de seigneurs, mais ils étaient à pied, sans mulets. Ils sont d'abord allés sur la crête des Quatre Dents, exactement au-dessus de l'endroit où l'aqueduc traverse la montagne ; puis l'un d'eux est descendu à l'entrée de la galerie, et l'autre est allé sur le versant opposé, en ligne droite, où elle devrait déboucher. Enfin, celui qui était resté en haut a jeté aux autres de longues cordes fines, comme pour mesurer les distances entre eux.

— Et Colombano, les a-t-il rencontrés ?

— Non, lui était à l'intérieur, de dehors on entendait les coups de son marteau. Les trois hommes ont tout fait précipitamment, avant de redescendre dans la vallée sans même s'arrêter pour boire au chalet.

— Bon, ça va bien, Bernardo. À présent, raconte-moi tout.

— Qu'imagines-tu que j'aie à te raconter ?

— Tout : ce que tu vois, ce que tu entends, les passages des animaux, les odeurs du vent, les cris des enfants. Je veux connaître chaque détail, puisque j'ignore ce qu'il me serait utile de savoir.

Les yeux de Bernardo brillèrent : des mois, des années durant, sa mémoire avait accumulé le souvenir de milliers et de milliers d'événements mineurs sans qu'il lui soit donné d'en parler à quelqu'un. À présent, le temps semblait venu d'ouvrir ce coffre-fort.

Sur le juge se déversa le fleuve des menus faits de la vie des pâturages. Sans ordre, sans pause, le Sauvage relata des histoires de brebis volées, d'amours, de maladies guéries, d'apparitions merveilleuses.

— … et Giannetta, la femme de Turin, lorsqu'elle va en pâture, elle retrouve Durante, le jeune de l'Alpe d'Artaud ; ils sont adultères, et donc pécheurs, mais, à les voir ensemble, on dirait deux anges…

Ippolito écoutait.

— … le bouc, celui de la Balma Grande, des deux frères, Marcellino et Simeone, ce bouc-là est vieux et ne parvient plus à engrosser les chèvres. Ses maîtres disent que oui, mais lui n'y arrive plus…

Pour économiser l'huile, ils avaient éteint la lampe, et l'Homme Sauvage n'était plus qu'une voix dans le noir qui enveloppait toute chose.

— … il y a un homme, un qui habite en bas au village, pas un berger, il sillonne les bois pour ramasser ces barbes jaunes qui poussent sur les arbres. Ce ne sont pas des herbes, ce ne sont pas des fleurs, ni des fruits, ni des mousses, ni des champignons, elles sont sèches et s'effritent au toucher. Elles poussent un peu partout, mais je n'ai jamais vu un animal en manger. Je connais les simples, je sais quelles herbes font passer la gale, et lesquelles guérissent les fluxions, mais ces étranges barbes jaunes je n'en ai trouvé mention dans aucun livre, et jamais le pharmacien du couvent ne m'en a parlé. Et cependant, si cet homme… cet homme…

Sa voix s'étrangla devant l'horreur.

— … cet homme tue les loups, sans creuser de fosses, sans placer de pièges comme le font les chasseurs experts ; cet homme met un appât, et le lendemain, presque infailliblement, je le vois parcourir le sentier vers la vallée, un cadavre de loup sur les épaules.

Ippolito aurait voulu demander comment s'effectuait cette chasse, mais le trouble qui s'emparait de l'autre chaque fois que la mort, même s'il ne s'agissait que de celle des animaux, entrait dans le discours, le fit renoncer. Il imagina Bernardo qui fuyait de ses cachettes à la seule vue du lapin massacré qui servait traditionnellement d'appât, et préféra ne pas infliger d'autres souffrances à cet esprit aussi éprouvé par une trop grande sensibilité ; il ne lui demanda qu'une seule chose :

— Quelle raison te pousse à me cacher le nom de cet homme ?

— Je ne te cache rien de ce que je sais ; son nom, je ne le connais pas, ni qui il est, ni ce qu'il fait. Les bergers des alpages, ceux-là sont mes amis, mais les autres sont des étrangers ; et puis, cet homme, on ne l'avait jamais vu par ici avant le milieu de l'été.

— La première fois que tu l'as vu, Isoardo était-il déjà mort ?

— Non, mais il devait mourir peu de temps après, car je me rappelle que le chasseur de loups est apparu après les trois seigneurs aux cordes.

Le juge essaya de relier les faits, mais sans résultat, et se remit à prêter l'oreille au narrateur désormais intarissable.

— … aux charbonnières au-dessus de l'Ambournet, Bastiano fait du charbon de bois, mais il y met trop de châtaignier, peu de chêne et presque pas de hêtre, et surtout il n'attend pas que la fumée de la charbonnière devienne bien claire. Il est pressé, Bastiano, et son charbon en sort mauvais, il donne une flamme haute et brûle en un instant. Demande à Colombano, lorsqu'il devait travailler au soufflet avant de parvenir à chauffer ses fers au rouge, avec ce charbon-là. Il est déloyal, Bastiano, comme tous les charbonniers…

Questions et réponses continuèrent à s'entremêler, mais leur rythme devint de plus en plus lent à mesure que les paupières s'alourdissaient.

L'aube, dont la lueur filtrait à travers la minuscule ouverture proche de la porte, trouva Ippolito endormi, la tête appuyée sur la table et la couverture jetée sur lui. Bernardo, redevenu l'Homme Sauvage, était de nouveau parmi les rochers et les bois, aussi insaisissable qu'avant.

## VIII

## *Sixième strophe*

*Per pié 'l lüv a fan 'l pan*
*a fan 'l pan envelenà.*
*Chi ch'a na mangia 'n toc*
*a va a ciamé 'l consur.*
*Chi ch'a na mangia dui toc*
*a va a ciamé 'l sotrur.* *

Travaux d'automne au pays. Les enfants et les femmes tressaient des paniers avec des rameaux de noisetiers ; les hommes réparaient les tonneaux. Il y avait aussi les toits à retaper avant l'arrivée de la neige ; vérifier les plaques de pierre, les lauzes, afin que rien ne soit altéré de leur stricte géométrie, car si l'eau devait s'infiltrer à travers leurs jointures, les

* Pour prendre le loup / on fait du pain empoisonné. / Qui en mange un morceau / va appeler le confesseur. / Qui en mange deux morceaux / va appeler le fossoyeur.

Cette strophe subit fortement l'influence de la chanson *Donna Lombarda* ; il pourrait donc y avoir des contaminations ; l'absence de la strophe précédente rend cependant difficile la formulation d'hypothèses plus précises.

poutres en dessous auraient tôt fait de se gâter.

Une fois la plupart des travaux des champs terminés, le village, en cette période de l'année, s'animait d'une vie qui en d'autres saisons, les gens étant disséminés dans les champs ou blottis dans les maisons enfouies sous la neige, lui était inconnue.

Ippolito, enveloppé dans l'odeur de fumée de midi, écoutait battre les marteaux, écoutait le craquement sec des bûches sous la cognée, le raclement de la scie sur les plus grosses branches, les cris des cochons qu'égorgeait le charcutier. Et de voir vivre et travailler tout ce monde alentour, il était pris d'un sentiment d'angoissante inutilité : presque deux mois avaient passé depuis que les bergers étaient venus l'avertir des terribles événements de la Thullie, et il restait incapable de donner une explication, de mettre un visage, un nom derrière ces morts. Son seigneur le pressait, le tançait, se moquait de ses naïvetés, pour ensuite l'égarer, le confondre et l'abandonner, indifférent à son sort et à celui de Colombano. Après sa rencontre avec l'Homme Sauvage, il avait cru voir, en un éclair, une explication plausible de tout ; mais d'y penser et repenser n'avait servi qu'à effacer l'image qui, l'espace d'un instant, s'était précisée dans son esprit. Fatigué, usé par la réflexion, épuisé par sa propre inertie, il aurait voulu jeter son manteau, empoigner une fourche et se mêler aux paysans pour engranger le foin, ou changer la litière du bétail, de la merde jusqu'aux chevilles et la tunique crasseuse ; il sentait ses bras puissants se dessécher, et la tête lui tournait comme après une cuite, une cuite triste.

Il aurait plus que tout voulu rentrer au pays. Dix ans d'éloignement de Saint-Christophe, et pas un seul instant de nostalgie ; et soudain, les difficultés du procès croissant, voilà qu'il désirait plus que jamais ces quatre maisons délabrées, ces toits de chaume et de boue ; il avait l'impression que, entre ces murs de pierre adossés à la pente au point de paraître blottis contre le ventre même de la montagne, il aurait pu lui aussi se pelotonner, le front sur les genoux, se pelotonner et laisser passer sur lui les événements, comme un vieillard qui n'attend plus rien que la noire faucheuse. Quand le sentiment de son impuissance envers la justice et envers Colombano devenait plus vif, Ippolito se réfugiait dans l'illusion du voyage vers son Oisans. Il partirait à l'aube, comme de juste, il rejoindrait Oulx à cheval, et là, laissant sa bête dans les écuries du Prévôt, il continuerait à pied, en suivant la route à mi-côte jusqu'à ce que la vallée, se resserrant, l'oblige à préférer l'abrupt sentier de la cheminée, au lieu des interminables lacets qui se dessinaient sur l'adret. L'aube suivante l'aurait trouvé sur le col de Mont-Genèvre, après une nuit passée dans une cabane de berger. Il se laverait le visage là où les eaux du col se partageaient pour donner naissance aux deux fleuves, et il aurait chantonné pour lui-même la vieille chanson que la Doire, en bouillonnant, chantait, disait-on, à sa sœur la Durance avant de descendre dans la vallée de Suse :

*Adieu donc, ma sœur la Durance,*
*Nous nous séparons sur ce mont :*
*Toi, tu vas ravager la France,*
*Je vais féconder le Piémont.*

Il suivrait alors le cours de la Durance, qui dévastait les terres françaises, au milieu des mélèzes enflammés des jaunes et des rouges de l'automne. À Briançon, il flânerait parmi les boutiques et les édifices à la majesté inhabituelle dans ces vallées, avant de reprendre l'ascension : Saint-Chaffrey, Le Monestier, la fascinante désolation du col du Lautaret, sur lequel les effroyables avalanches de l'hiver laissaient des traces et des mises en garde pour toute saison. Puis de nouveau la descente. Combien de jours, pour ce voyage ? Il ne parvenait plus à se le représenter. Chaque jour serait en tout cas plus beau que le précédent, plus libre. Passé le Lautaret, il mangerait un morceau de ces grands pains parfumés de Villard-d'Arêne ; il se reposerait dans la profonde obscurité de midi de la Grave, en regardant le front du glacier se fragmenter en mille séracs. Là, il commencerait à respirer l'air de l'Oisans. Mais il fallait encore descendre et monter, monter et descendre : tel était le chemin qui, depuis l'antique via Cottia, avait conduit au cours des siècles des armées et des voyageurs à la ville de Gratien, à la Gratianopolis, que les dialectes barbares avaient fini par transformer en Grenoble. Descendre jusqu'au Chambon et grimper au Mont-de-Lans, passer par Bons, par sa porte creusée dans le rocher, dont le temps n'avait pas effacé la marque caractéristique de Rome, parcourir la corniche du Pied Moutet, en veillant à ne pas tomber dans le précipice qui surplombe la plaine de Bourg-d'Oisans, plaine qui, comme le rappelaient les plaques commémoratives, avait été obstruée en 1191 par un éboulement, et recouverte par les eaux de la Romanche : pendant vingt-huit ans, ce qui avait été le plus grand village de la vallée était devenu un lac, puis, un beau jour, l'eau s'était déversée comme d'un baquet percé, et le lac avait restitué les maisons éboulées, les restes des vieux ponts et les squelettes ensevelis dans la vase. Enfin, après la forêt de Venosc, il apercevrait l'église de son village se détacher à peine des rochers, son petit cimetière adossé à même ses murs. Les maisons autour, ses maisons, ses amis d'enfance. Il ne reviendrait pas en vainqueur, en sage, en homme riche ; il reviendrait, voilà tout. Il raconterait aux autres les villes et les choses vues, puis laisserait la vie le conduire à son gré.

Du temps ainsi s'était écoulé depuis sa dernière ascension à la Thullie, entre voyage imaginaire, inertie et silences du Prévôt. Une seule fois, ces jours, il était allé rendre visite à Colombano, et cette rencontre lui avait valu une autre de ces impressions qu'il ne dominait guère, mais qui, par moments, se présentaient à son esprit comme des traces concrètes à suivre pour résoudre toute chose.

Colombano croupissait en prison, avec la résignation de qui n'a jamais connu la chance, et la tranquillité de l'homme habitué à l'exiguïté des mines. Dans son regard, que le juge avait longuement tenté d'éviter, aucun reproche.

— Comment te sens-tu ? lui avait demandé Ippolito.

— Innocent, avait répondu l'autre, montrant, peut-être intentionnellement, qu'il n'avait pas compris la question.

Le juge ne s'était pas étendu en d'inutiles paroles, allant droit à la question qui l'intéressait le plus.

— Colombano, combien te faudra-t-il encore creuser pour percer complètement la montagne ?

— Qui peut le dire ? Je sais de combien de toises est longue la galerie que j'ai déjà faite, mais combien il reste de roche pour arriver de l'autre côté, qui le sait ?

— As-tu dit à quelqu'un combien de toises ou de pieds compte ton ouvrage ?

— Bien sûr, je l'ai dit aux commanditaires, aux syndics, à tous ceux qui contrôlent mon travail.

Ippolito pensa aux trois hommes avec leurs cordes dont avait parlé le Sauvage, et il se souvint des arts du Quadrivium, en particulier de l'arithmétique, de la géométrie et de l'astronomie car, pour ce qui est de la musique, ce n'était pas son fort. Connaissant les deux côtés d'un triangle, ainsi que l'angle qu'ils formaient, on pouvait obtenir la longueur du troisième côté. Or les deux cordes tendues par les mesureurs ne figuraient-elles pas les deux côtés de ce triangle qui aurait eu pour base la galerie de la Thullie ? Quelqu'un cherchait ainsi à déterminer la longueur du tunnel une fois achevé, ou peut-être, par soustraction des mesures qu'avait données Colombano, la longueur de ce qu'il restait à creuser. Mais quel rapport avec la mort d'Isoardo ? À moins que… Le doute n'avait pas encore pris sa forme définitive dans son esprit que sa langue lui cherchait déjà des confirmations.

— Combien de temps crois-tu devoir encore travailler ? demanda Ippolito.

— Quand je vous ai rencontré, ce jour-là, je pensais que, en creusant sans arrêt, je pourrais finir pour l'hiver, ou, au maximum, avant l'arrivée du prochain été ; à présent, j'ai peur de ne jamais terminer.

— Mais si quelqu'un continuait ton ouvrage, pourrait-il le terminer à ta place ?

L'expression du tailleur de pierres fut entre l'incrédulité et l'épouvante : quelqu'un qui prendrait possession de sa galerie ? de huit années de sa vie ?

— Non, grand Dieu, personne ne peut prendre ma place !

— Pourquoi le refuses-tu, ou pourquoi est-ce impossible ?

— Voyez-vous, juge, pour forer la montagne, il ne suffit pas d'avoir des bras forts, de solides outils, le courage de rester dans l'obscurité ; pour forer la montagne, il faut savoir où aller, où creuser. Si vous aviez visité comme moi les mines de France, vous auriez entendu des histoires de mineurs incapables et de galeries tortueuses qui revenaient au point de départ, de tunnels qui peu à peu tournent à droite ou à gauche, ou qui se mettent à monter. Non, juge

Ippolito, pour l'aqueduc de la Thullie, il ne peut y avoir que moi ; moi seul connais la ligne à suivre, moi seul sais la bonne veine de la roche pour aller bien droit.

— Mais, poursuivit le juge, si, pour déboucher sur le versant exposé au midi, il fallait moins que ce que tu dis ? S'il ne restait de roche qu'une ultime pellicule ? Creuser dans la bonne direction ne serait-il pas alors plus facile ?

— Eh bien, s'il ne reste que vingt ou trente pieds de roche, pour se tromper il faudrait vraiment le faire exprès. Mais je vous assure, juge, que la galerie n'est pas si près de son terme, et que moi seul peux la finir.

Ippolito s'en voulut presque aussitôt d'avoir posé de telles questions à ce pauvre Romean, et surtout de lui avoir fait craindre que quelqu'un pût achever, en ce moment même, l'ouvrage de sa vie. À partir de cet instant, Ippolito le comprenait, pour Colombano, dans la solitude du cachot, il y aurait une peine supplémentaire.

Il changea de sujet :

— Tu n'as plus vu Tuju ?

— De temps en temps, répondit tristement le prisonnier. À présent, c'est presque devenu un chien errant. Il vient près d'ici quelquefois, et je l'entends aboyer, mais ensuite il s'en va sans attendre. Tôt ou tard, les bêtes sauvages me le mangeront.

Et ils ne parlèrent plus.

Cette visite avait allumé chez le juge une lueur de soupçon, et il s'était longuement creusé la cervelle pour comprendre qui pouvait bien avoir envoyé à la Thullie les trois mystérieux métreurs, et à qui pouvait profiter le plus le résutat que ces trois-là avaient certainement établi. Une fois de plus, cependant, l'absence d'une réponse précise et immédiate avait de nouveau embrumé ce peu de clarté surgie dans l'esprit d'Ippolito, et d'autres images et d'autres regrets y avaient remplacé les réflexions concrètes.

Arriva la Saint-Denis, et la foire d'automne cette année-là parut à tout le monde la plus riche et la plus gaie de toutes celles dont on se souvenait à Chiomonte. Le furieux désir de se divertir, que les gens avaient nourri durant le procès de Colombano, n'avait pu s'épancher, et la seule vue des étals, des marchandises colorées ou des ours apprivoisés suffisait pour semer les rues d'euphorie. Comédiens et jongleurs de piètre talent, qui ailleurs risquaient des coups pour leurs blagues éculées et vulgaires, déclenchaient ici applaudissements et sifflets mêlés aux éclats de rire les plus gras et les plus grossiers. On vendait et on achetait de tout : toiles de Flandres, ceintures de cuir, fèves miraculeuses qui donnent une fois semées des plants géants, clarines pour les vaches et clochettes pour les chèvres, plumes multicolores d'oiseaux extraordinaires. On troquait des fromages contre des sabots, des vins contre des outils, des châtaignes contre des cordes. Un marchand de passage exposait des colliers trop précieux, que les femmes regardaient sans même pouvoir éprouver le plaisir de les porter.

Ippolito marchait confus et joyeux parmi les bancs et les marchandises disposées par terre ; les cris des vendeurs, le vacarme des animaux à vendre ou à échanger lui agressaient les oreilles, provoquant comme une ivresse. Il soupesa un couteau au manche de corne, et le marchand s'empressa de lui assurer que la lame venait de Tolède ; il en rit, sachant très bien que ce n'était pas vrai ; cependant la facture en était bonne, et il l'acheta, suscitant des regards envieux chez les enfants qui couraient, remplis de curiosité, d'un étal à l'autre pour observer les acquisitions les plus mirobolantes.

Il parcourut toute la rue pavée, encombrée çà et là de caisses et de bottes de paille, et déboucha sur la place de l'église, où trois acteurs, sur une charrette en guise de tréteaux, mettaient en scène l'une des innombrables variantes de l'histoire du vilain et de sa femme qui le trompe avec le curé. Deux d'entre eux étaient grimés en femmes, de lourds rembourrages sur la poitrine et les hanches, tandis que le troisième ne devait pas se forcer beaucoup pour paraître idiot. Le juge fut tenté d'user de son autorité pour chasser ces trois-là et disperser la foule qui s'était agglutinée autour d'eux, tant ce spectacle lui semblait sordide, mais il vit les gens se tordre de rire et se donner de grandes bourrades sur les épaules, et il renonça à son intention.

Sur la scène improvisée, les acteurs à présent n'étaient plus que deux.

— Femme, donne-moi le sac d'avoine pour le cheval, car je veux partir tout de suite ! disait celui qui jouait le rôle du vilain.

— Mais il fait encore nuit, dehors, arrête de m'ennuyer et dors, lui répondit l'autre déguisé en femme.

— Je t'ai dit de monter chercher le sac pour l'avoine : en partant sur-le-champ, je serai le premier à traverser le bois de Piochecul ; ignores-tu que dans le bois de Piochecul poussent les champignons les plus gros et les plus fermes de toute la vallée ? Tu ne voudrais tout de même pas que quelqu'un passe avant moi et me les ramasse tous.

— En ce cas, je ne réponds plus et vais te chercher ton sac, mais, s'il te plaît, ramasse-les tous, surtout les baguettes de tambour.

Au milieu des éclats de rire, la fausse épouse

avait sauté de la charrette pour y remonter aussitôt après avec un grand caleçon noir qu'elle tendit à l'homme.

— Tiens, mon mari, voilà ton sac pour l'avoine, j'ai dû le chercher dans le noir, mais j'ai fini par le trouver. Va, à présent, va donc à Piochecul afin de ne pas y arriver second.

Accompagnée de nouveaux et gras éclats de rire, l'épouse sortit, et le simplet se mit à claquer de la langue pour imiter le galop, à califourchon sur un bâton muni d'une fausse tête de cheval.

— Il est l'heure de manger quelque chose, mon vieux, tiens un peu d'avoine ; mais qu'est-ce là ? Ce que ma femme m'a donné n'est pas le sac pour l'avoine, c'est un caleçon noir, un caleçon de prêtre. C'est donc vrai, ce qu'on raconte, que ma Rosina me fait cocu avec monsieur le curé. Il vaut mieux que je rentre pour régler mes comptes avec cette malpropre.

Éperonnant son improbable monture, le vilain avait disparu à la vue des spectateurs amusés, et la charrette était maintenant occupée par les deux personnages féminins.

— Ah, si tu savais, ma vieille, la bêtise que j'ai faite ce matin ! Mon nigaud de mari m'a demandé le sac pour l'avoine, et je lui ai donné le caleçon que le père Aliprando a oublié la dernière fois qu'il est venu coucher avec moi.

— Ne t'inquiète pas, chère Rosina, je vais m'occuper de ton mari, apporte-moi seulement une autre culotte du curé, et je t'arrange tout.

Rapide comme l'éclair, comme si elle avait chez elle une réserve de caleçons ecclésiastiques, l'épouse infidèle revint, tendit la culotte noire à son amie et s'en alla. L'autre acteur déguisé enfila ce nouveau caleçon sous son ample jupe et se mit à attendre le retour du vilain, lequel arriva naturellement à l'instant.

— Bonjour, Jean-Nigaud. Vous voilà bien agité, que vous est-il arrivé ? avez-vous donc récolté trop de baguettes de tambour dans le bois de Piochecul ?

— Non, commère, je ne peux pas vous le dire, je ne peux pas…

— Arrêtez-vous cependant un instant, et aidez-moi à ramasser ces cailloux miraculeux.

Sur ces mots, elle se pencha suffisamment pour découvrir ses jambes poilues et ses cuisses revêtues du caleçon du prêtre.

Jean-Nigaud, à cette vue, écarquilla les yeux et dit en bégayant :

— Co… co… commère, vous a… vous a… vous avez quelque chose de bien noir entre les jambes.

— Bien sûr, et votre femme aussi, sans doute ; ignorez-vous que nous sommes toutes deux de la Confrérie des Culottes ?

— Vous avez raison, sauf que ma femme me l'a donnée par erreur, ce matin, et j'ai alors pensé que… le curé…

— Mais qu'allez-vous imaginer, les culottes sont un signe de dévotion, portez-la lui vite avant qu'elle n'en pâtisse.

En un pas, le vilain tombe sur sa femme et lui agite le caleçon noir sous le nez.

— Tiens, ma femme, tiens ton caleçon, pour ne pas perdre ta dévotion, et remercie le ciel d'avoir un mari aussi malin et intelligent, car un autre ne se serait aperçu de rien, il aurait mis le caleçon sur le museau du cheval, et qui sait ce que t'aurait dit la Confrérie ; remercie l'intelligence de ton Jean-Nigaud, car il n'y en a pas deux comme lui.

La fin de la petite pièce fut marquée par les ovations du public. Pauvres vilains ! Combien d'entre eux auraient pu s'identifier au mari stupide, si seulement ils avaient eu assez de finesse pour cela. En tout cas, tous applaudissaient à s'en peler les mains, heureux de s'être gaussés d'un Jean-Nigaud qui n'était pas moins que leur frère jumeau. Mais, au fond, ce peu de rires à la foire, les quelques verres et les repas encore plus rares, associés aux brefs plaisirs de la chair, étaient les seules raisons pour semer et récolter, pour défricher la terre et traire les chèvres, en un mot, pour vivre. Et, même malgré lui, Ippolito aussi avait ri de l'idiot qui se croit malin, des mille astuces des femmes et des prêtres qui se glissent dans tous les lits : si le sage syndic Sibille avait été là, avait-il pensé, lui aussi aurait ri, peut-être en se rappelant Masuccio Salernitano et sa nouvelle sur la culotte de San Griffone.

C'est donc rempli de bonne humeur qu'il se mêla de nouveau à la foule, curieux de voir ce que Margherita achèterait avec l'argent qu'il lui avait laissé lors de sa courte visite de la veille au soir. Il aurait aimé lui acheter quelque chose, mais il ne pouvait le faire sans susciter commentaires et déductions, et il dut ainsi observer à distance l'arrivée de la veuve et en suivre discrètement les déplacements.

La foire arrivait à son comble ; on aurait dit que personne, petits ou grands, ne voulait rester à l'écart du grand commerce qui s'y faisait : on chantait à hauts cris les louanges des articles, on marchandait, on mesurait les grains par boisseaux, on pesait les petits animaux sur les balances à deux plateaux, et, pour les grands, on tâtait la fermeté des chairs. Un indescriptible tumulte, qui pourtant, comme par enchantement, cessa à l'instant même où l'homme aux huit loups traversa la place. Au fond de la charrette que tirait Costante du moulin sous le regard des deux rangs de la foule gisaient les peaux de huit grands loups : une précieuse marchandise pour l'hiver qui arrivait ; les riches marchands de Suse ou de Gap, ici présents pour acheter autant que pour vendre, ne perdraient assurément pas une occasion aussi extraordinaire.

Le premier effroi silencieux passé, la place reprit son brouhaha et son agitation frénétique. Seul Ippolito demeurait immobile, pensif, les yeux rivés sur Costante du moulin. Voilà donc l'homme qui tuait les loups sans pièges, le chasseur cruel qui avait tant bouleversé le fragile Bernardo. Costante, parmi les premiers à accuser Colombano, parmi les plus enragés dans la tentative de le lyncher. Depuis quand le meunier était-il devenu un chasseur si efficace ? Peu avant la mort d'Isoardo, au dire du Sauvage, mais de quelle façon ? Et pourquoi était-il aussi hostile envers Romean ?

Tout cela, pensa le juge, valait la peine d'être découvert.

Combien y avait-il de pistes pour accéder à la vérité ? Beaucoup, certainement, et entre toutes, le juge, les jours qui suivirent la fête, avait choisi la plus singulière et la plus ardue. Au fond, il aurait suffi de faire arrêter Costante, et la perspective de la corde lui aurait fait tout avouer. Chacun sait qu'il n'y a pas d'instrument plus infaillible que la torture pour dissiper les mensonges. Au contraire, Ippolito s'était mis en tête de rechercher un résultat positif à ses hypothèses ou, mieux peut-être, de trouver dans les faits quelque chose qui soit davantage qu'une hypothèse. La chasse prodigieuse du meunier devait receler un secret : le seul moyen de le découvrir était de suivre l'homme à chaque instant. Le juge du Prévôt pouvait-il se tapir dans les fossés comme un bandit de grand chemin ? Pouvait-il l'épier, caché derrière les arbres ou à l'affût dans les parages du moulin ? Non, ce n'était pas là un travail digne d'un juge ; peut-être même n'aurait-il jamais dû s'abaisser à penser de telles choses ; quant à les faire, certainement pas.

Si, plutôt que de Costante, il s'était agi d'Aimerico, de Martino, de Turin, ou de n'importe qui d'autre, Ippolito aurait largement bénéficié des ragots du village, un accès autrement rapide à la vérité ; mais, sur Costante, on ne disait jamais rien. Il vivait seul, dans le moulin qui avait appartenu à son père, et auparavant à ses ancêtres, le grand moulin sur la Doire, en dehors du village, isolé au plus profond de la vallée, où le soleil ne faisait que de brèves apparitions. On ne lui connaissait aucun amour, ni de sordides penchants pour les enfants, et s'il n'était pas étranger aux façons brusques et à la violence, il n'avait jamais été mêlé aux fréquentes et sanglantes rixes dans les auberges. Aucune des femmes qui apportaient leurs grains à moudre n'était rentrée chez elle trop enfarinée, comme on disait. Comment connaître alors ses déplacements ? Comment savoir quand il serait de nouveau à l'affût du loup ? Et, de surcroît, comment déterminer si le lien subtil entre les barbes jaunes des arbres, les chasses au loup et les morts de la Thullie relevait de l'hypothèse, ou s'il était bien réel ?

Suivre quelqu'un : quelle idée saugrenue ! Comme si le soupçon pouvait devenir certitude sans un aveu adéquatement obtenu. Suivre quelqu'un ; le bras séculier ne disposait pas d'hommes pour une telle entreprise, car il n'y avait personne qui ne manque pas d'astuce, ou d'agilité, ou de discrétion, et le plus souvent des trois à la fois. S'en remettre à l'action des gardes champêtres était hors de question. Ce ne fut qu'au terme de nombreuses conjectures que la solution s'esquissa aux yeux du juge : le Bâtard ; voilà l'individu requis pour cette besogne.

C'était donc pour s'assurer les services du Bâtard qu'Ippolito montait à présent vers Champlas, où, lui avait-on dit, le garçon défrichait un champ appartenant à Folco Guy. Le Bâtard avait un nom, que cependant personne n'utilisait, et lui-même avait fini pratiquement par l'oublier : il s'appelait Gio Batta, comme son père ; du moins, c'est là ce que sa mère avait toujours affirmé, parlant aussi d'un marchand turinois, beau et riche, de passage vers la terre de France. Personne à vrai dire ne s'en était soucié et, depuis sa naissance, l'enfant était pour tout le monde le Bâtard ; puis sa mère était morte, et ce Gio Batta, le mystérieux marchand qui devait revenir, et toutes les autres histoires, étaient devenus de vieux souvenirs sans intérêt. Orphelin à neuf ans, le Bâtard avait appris très tôt à gagner sa vie, louant ses bras à tous ceux qui le lui demandaient, travaillant dans les champs jusqu'à épuisement, lors de journées qui commençaient à l'aube pour ne s'achever que lorsque, bien après la brune, il se couchait par terre dans les cabanes ou sous des abris de roche, des balmes, qui offraient indifféremment un refuge aux hommes et aux bêtes. Il avait maintenant treize ans, et ce n'était certes plus un enfant : des bras affermis par les travaux, une voix peu à peu plus grave, des yeux pleins de malice.

— Salut, Bâtard, lui dit Ippolito lorsqu'il s'en fut approché.

— Salut à vous, juge.

— Combien as-tu encore à travailler ?

— Jusqu'au coucher du soleil, répondit l'autre, appuyé sur sa pioche ; j'aurai retourné toutes les mottes et enlevé toutes les pierres, alors ce sera fini.

— Bien, ainsi à partir de demain tu travailleras pour moi.

— Mais quels prés avez-vous donc, juge ? Et des bêtes, en avez-vous jamais eu bien à vous ?

Il y avait de la raillerie dans la voix du gamin, de ce mépris qu'engendrent la peur et l'habitude de recevoir coups de pied et insultes.

— Pour les prés de la Prévôté, j'ai assez de mes serfs, mais j'ai besoin de quelqu'un qui ait l'œil vif et de bonnes jambes, mais peu de langue, et j'ai pensé que ce pouvait être toi.

— Je suis prêt, monsieur le juge.

— Alors assieds-toi et écoute-moi.

S'étant assis lui aussi sur la terre sombre du champ en pente raide, Ippolito, dans la lumière un peu livide du matin nuageux, lui expliqua comment il devrait espionner Costante du moulin.

— Dès que Costante aura placé l'appât pour le loup, tu viendras m'appeler ; tu as compris ?

Le Bâtard hocha la tête, et Ippolito lui mit une pièce dans la main, puis, après l'avoir salué, s'éloigna.

Quatre jours passèrent, durant lesquels Ippolito sentit croître en lui une étrange frénésie : cet assassin qu'en vérité il n'avait jamais voulu découvrir, voilà qu'il brûlait de le connaître, à tout prix. Exaspéré d'impatience de voir mûrir les événements, il vivait dans un temps à part et vertigineusement accéléré, sans voir personne, pas même Margherita, conjecturant, échafaudant et défaisant raisonnements et hypothèses, mais surtout lisant des livres. Jusqu'à ce que, vers la none du quatrième jour, le Bâtard vînt au château.

— Il a mis l'appât dans le bois au-dessus des Ramats, loin du sentier, mais sans creuser le trou, lui dit d'un trait le garçon.

— Viens, fit le juge, et raconte-moi tout.

Il le reçut dans la salle à manger dépouillée et lui fit apporter un pain sortant du four, des fruits et de l'eau teintée de vin rouge.

— L'as-tu suivi ?

— Oui, comme vous me l'avez dit.

— T'a-t-il remarqué ?

Le Bâtard prit son pire air de supériorité.

— Croyez-vous que le lièvre me remarque quand je suis derrière lui et que je vais le tuer avec une pierre ? Et les truites ? Pensez-vous que la truite comprenne que je suis là, dans la flaque, et que je vais la jeter hors de l'eau ? Si les bêtes s'en aperçoivent pas, Costante s'en aperçoit pas non plus, car il est plus bête que les bêtes.

Il y avait des traits de sagesse dans la sauvage arrogance de cet enfant qui savait peiner comme un homme, mais tout autant se déplacer léger comme un chat.

— Dis-moi donc ce qu'il a fait.

— Jusqu'à hier, rien, il a pas bougé du moulin. Maria de Berto est venue pour moudre, puis Aurora, Bianca, la servante des Beaudia et d'autres femmes que j'ai oubliées. Costante est toujours resté là-bas.

— Et la nuit ?

— J'ai dormi dans sa grange, et je suis sûr qu'il est pas sorti.

— Ensuite?

— Hier, je m'étais caché derrière le gros rocher sur la Doire, c'était pas encore le soir, mais pas loin. Costante sort de chez lui avec un sac et va vers le bois, pas celui des Ramats, celui à côté du moulin. Sans me faire voir, je le suis, et voilà qu'il ramasse ces plantes bizarres qui poussent sur les arbres, vous savez, ces trucs jaunes qui ressemblent à des barbes et qui pendent des branches, mais aussi sur les pins, y en a qui poussent sur les troncs. Bon, il ramasse ces barbes jaunes et les met dans son sac jusqu'à ce que le sac soit plein, puis il retourne chez lui, mais le sac il le rentre pas, il le laisse sur un établi du porche, là où il répare les trucs du moulin quand ça se casse, car il est tellement avare qu'il essaie de tout faire tout seul, au lieu d'appeler Martino ou Aimerico.

Le Bâtard fit une pause, but un peu d'eau et, après que le pain dont il s'était gavé tout en parlant fut descendu par le bon chemin, il reprit :

— Le sac posé, il prend la bêche, fait le tour du moulin et descend là où il y a la roue, jusque presque dans l'eau. J'ai pensé qu'il était assez bête pour prendre de l'eau avec sa bêche ; en fait, il retire du canal du moulin une pelletée de sable, puis remonte et met le sable à côté du sac de barbes jaunes.

Ippolito frémissait d'impatience de connaître la fin du récit mais, en même temps, il savait qu'il ne pouvait pas demander au gamin de se borner aux faits saillants, étant donné qu'a priori personne, à commencer par le pauvre Bâtard, n'aurait pu dire lequel des moindres gestes du meunier aurait confirmé ou démenti les intuitions confuses qui se formulaient peu à peu.

— Ensuite, poursuivit l'autre, Costante va au poulailler, tord le cou à une poule, l'apporte elle aussi sur l'établi et l'ouvre avec son couteau.

— Tu es sûr que ce n'était pas un coq noir ?

— Non, c'était une poule blanc et marron, pourquoi ?

Bien que ces soupçons allassent à présent dans une direction assez différente, Ippolito ne pouvait s'empêcher de penser à ce que toute cette histoire comptait de diabolique ; mais il ne dit rien de tout cela.

— Rien, continue, Bâtard.

— Après avoir ouvert la poule, il a pris des plantes jaunes du sac et les lui a fourrées dans le ventre, puis il y a mis aussi une poignée de sable, puis de nouveau une autre de barbes jaunes : toujours pareil, une poignée de plantes et une de sable, une de plantes et une de sable. Quand la poule a été pleine, il l'a refermée, et ce matin il l'a placée là où je vous ai dit, pour servir d'appât pour les loups.

— À présent, tu dois m'accompagner là-bas, mais sans que personne ne nous voie.

— Personne nous verra, juge, personne nous verra.

— Attends-moi un instant, alors.

Ippolito monta dans ses appartements, et réapparut peu après muni du bâton et du sac de pèlerin qu'il avait pris avec lui lorsqu'il avait rencontré l'Homme Sauvage. Il tenait une bourse à la main et, dès qu'il l'eut jetée au gamin, celui-ci ne put s'empêcher de l'ouvrir et de vider sur la table les pièces de monnaie brillantes, les contemplant ravi sans les compter, car il n'en était peut-être pas capable.

Tous deux sortirent et se dirigèrent vers le lieu de la chasse au loup. Le Bâtard connaissait des chemins secrets pour aller partout : ce n'étaient ni des chemins muletiers, ni des sentiers, mais des passages voulus directement par la nature, sans que jamais la main de l'homme y ait contribué. Avec un instinct inconnu de toute personne dont la vie eût été un peu moins dure, lui distinguait au milieu du courant de la rivière des gués insoupçonnés, comme il savait déceler en forêt les trouées dans les broussailles et les ronces, ou remonter les fentes de la roche pour atteindre le sommet des falaises.

Lorsqu'ils arrivèrent près de la poule écorchée de Costante, Ippolite se sentit à la fois épuisé et heureux. Suivre le gamin dans son ascension animale de la montagne lui avait coûté d'énormes efforts, mais à mesure que diminuait sa maladresse pour surmonter les obstacles que l'autre ne semblait même pas voir, il avait senti couler dans ses veines l'énergie incontrôlée de son enfance.

— À présent, retourne au village, dit le juge au Bâtard.

Le gamin parut mal le prendre, mais obéit sans répliquer et, après avoir salué, il courut dans la vallée, en pensant certainement à l'endroit où il pourrait bien cacher son argent fraîchement gagné.

Demeuré seul, Ippolito regarda les alentours : on ne pouvait imaginer endroit plus sauvage. Là, le bois était constitué de hêtres ; les frondaisons, encore assez touffues malgré la saison, formaient un toit très haut, et le soleil de cette fin d'après-midi filtrait entre les troncs nus avec des lames de lumière dans lesquelles la poussière et les insectes volants resplendissaient un instant avant de disparaître.

De vilains arbres, les hêtres, avec leurs troncs droits et dépouillés qui n'accordent de l'espace à leurs branches que trop haut. Aucun refuge, sur un hêtre, à moins d'être un écureuil ou une pie.

Mais, parmi les hêtres, le squelette d'un arbre frappé par la foudre il y a longtemps se dressait encore tout droit, robuste, et surtout nanti de grosses branches suffisamment éloignées du sol pour que les crocs du loup n'y aient pas accès, pas assez cependant pour empêcher un homme agile comme Ippolito d'y monter.

Il grimpa donc sur une de ces branches, en éprouva la solidité, et vérifia que l'appât restait bien visible ; il y passerait la nuit, une nuit de pleine lune : les loups, on le sait, viennent la nuit.

On était presque aux vêpres, et les feuilles encore accrochées aux arbres passaient du jaune au brun. À califourchon sur sa branche, adossé au tronc, le juge attendait, avec l'espoir que Costante n'arriverait pas avant les loups, et avec la seule certitude de devoir attendre longtemps. Pour s'occuper, il se mit à réfléchir aux raisons qui l'avaient amené ici, au fait que les événements s'étaient précipités après la foire. Tout naissait d'une idée si claire qu'elle n'en réclamait aucune autre : le meunier tuait les loups grâce à l'effet toxique des barbes jaunes. Mais cette idée claire contrastait nettement avec un halo de mystères et de questions. Qui avait révélé à Costante le secret de cette plante ? Qui lui avait enseigné cette nouvelle chasse, extraordinaire, inconnue en Dauphiné ? Même Bernardo, au fait des propriétés aussi bien des simples que des autres herbes, avait avoué ne rien savoir de ces étranges barbes jaunes, sans racines, sans feuilles, semblables à des mousses trop luxuriantes. Pourquoi donc un meunier ignorant, qui ne s'était jamais éloigné de toute sa vie de plus de cinq lieues de chez lui, avait-il accès à des choses qui restaient obscures à un ancien moine et ami du pharmacien de l'abbaye de la Novalaise ?

Cependant, au fond, toutes ces questions seraient sans grande importance si l'ombre de l'empoisonnement ne s'était pas étendue dès le début sur la mort d'Isoardo et de ses femmes. Une ombre qui, Ippolito en était dorénavant convaincu, avait été effacée par le biais de fausses lumières, mais qui redevenait la seule explication satisfaisante de nombreux événements, si ce n'est de tous. Mais que penser, alors, du soudain surgissement, chez Costante, de la passion et de l'habileté pour la chasse, soudain et à peu près contemporain des funestes faits de la Thullie ; que penser ? Perversité du destin ? Erreur de chronologie ? Ou alors lien étroit et profond entre une cause et un effet.

Si de tels doutes s'étaient emparés plus tôt de l'esprit du juge, il aurait pu, avec les moyens ordinaires de la justice, obtenir du meunier des réponses desquelles la douleur de la torture aurait éloigné tout spectre de mensonge ; mais il était trop tard désormais, ou peut-être était-ce seulement que l'apparat de la justice ne lui avait jamais paru autant être l'ennemi du vrai.

Si donc le pouvoir n'était pas en mesure de le mener à la vérité, il pouvait se fier au savoir, à ces livres dans lesquels, à l'Université de Grenoble, il avait appris à chercher les solutions et les problèmes. Les livres ; pour le fruste montagnard de l'Oisans, ils avaient été la découverte la plus étonnante. Ce qui l'avait frappé, ce n'était pas la révélation des secrets de l'écriture, ni le fait qu'une suite de signes d'encre pût être transmuée en parole et inversement ; ce qui le fascinait, c'était que le livre pût condenser, fixer pour toujours l'expérience d'un homme, et la transporter au-dehors de lui. Dans son village, et à la vérité partout parmi les vilains, l'expérience et la sagesse, c'était l'homme, et elles n'existaient pas sans lui. Ce qu'un homme savait vivait et disparaissait avec lui, ou bien vivait chez les autres hommes auxquels il l'avait transmis, mais en aucun cas le savoir ne pouvait exister sans le savant. Dans les livres, en revanche, il avait trouvé le dépôt de toutes les sagesses et de toutes les stupidités, bref de toutes les expériences, mais sans la corruptibilité de la personne.

C'était avec cet enthousiasme primitif et naïf qu'Ippolito avait entrepris de chercher la confirmation de ses propres doutes dans les rares volumes dont il disposait. Ce qu'il voulait le plus ardemment savoir, c'était si la barbe jaune, mangée par erreur, ou mélangée délibérément aux aliments, distillée ou dissoute dans de l'eau ou du vin, ou encore introduite dans le corps selon d'autres moyens secrets, pouvait produire chez les humains la mort horrible qu'il avait vue inscrite sur le visage d'Isoardo, si elle provoquait ce vomissement de sang et ces gonflements de la bouche et du nez. Mais, pour la première fois peut-être, les livres l'avaient déçu. Il y avait lu, à propos de la belladone, comment ses baies, dont les dames avaient l'habitude de se tamponner légèrement les yeux pour aviver le regard, provoquaient, si on les mangeait, d'abord la démence, puis la mort. Leur apparence trompeuse de mûres les rendait appétissantes, et y goûter augmentait la sensibilité olfactive ainsi que l'ouïe mais, ensuite, ces sensations devenaient de plus en plus violentes, les bruits assourdissants, les parfums écœurants, tandis que les yeux se remplissaient de formes indéfinissables. Des armées germaniques entières avaient été décimées par les baies de belladone et l'imprudence des soldats.

Dans ces livres, Ippolito avait lu également des pages sur la digitale pourpre, vulgairement appelée gant de Notre-Dame, ou queue-de-loup : cueillie de la main gauche dans la partie septentrionale d'un bois, cette plante offrait un excellent remède contre l'hydropisie ou les brusques variations des battements cardiaques. On disait que les loups en mangeaient pour accroître leur résistance à la course. Ce qu'il y avait de sûr, c'est que, consommée sans modération, la digitale provoquait une sudation froide et un vomi verdâtre, tandis que le cœur battait la chamade et que l'esprit était envahi d'hallucinations abominables. Et il avait lu des pages et des pages sur l'ellébore, émétique et purgatif, mais toxique pouvant entraîner la mort. Sans parler de tous ces champignons du diable, et ceux aux formes impudiques, aux chapeaux dégoûtants et purulents.

Il avait beaucoup appris sur les plantes, dans ces livres, mais rien concernant ces bizarres touffes jaunes, et rien surtout qui rappelle chez les victimes les signes observés à la Thullie.

Il n'avait donc pas eu le choix : ne pouvant pas recourir à la roue ni à la corde, déçu par la pauvreté des livres, le juge n'avait plus qu'à constater de ses propres yeux la façon dont mourrait le loup qui se serait laissé attirer par cette proie facile, la poule bourrée d'herbe probablement toxique.

Alors qu'Ippolito avait réfléchi à tout cela, le jour s'était évanoui, et les ténèbres étaient à présent vaincues par une froide lumière lunaire. Dans la forêt, la nuit ressemblait à ces aubes d'automne, de la neige au sol, les arbres nus et sombres, de la brume entre ciel et terre. Il n'y avait pas d'autres couleurs que le blanc spectral de la lumière et que le noir de chaque chose et de chaque ombre. Immobile sur sa branche, il sentait le froid le pénétrer jusqu'aux os. Il s'était attendu à un silence absolu ; il constata au contraire que le bois était traversé de bruits soudains : le chant d'un oiseau de nuit, la course furtive d'un rongeur dans les feuilles sèches, le craquement des branches. Chaque son, comme une déchirure sur une toile tendue, le faisait sursauter et palpiter. Une fois de plus, il souhaita s'en aller, fuir, laisser chacun à son destin ; une fois de plus, il continua, non par courage, mais conscient de s'être trop engagé, rendant toute fuite impossible. Les mêmes bruits lui semblaient tantôt plus rassurants que le sombre néant, tantôt effrayants, mais le plus terrible lui parut être le silence des animaux, et la diffusion dans les airs de hurlements de plus en plus proches.

Les loups. C'étaient les loups. En meute, comme le veut leur nature. Attirés vers la poule éventrée par un odorat prodigieux ? Ou peut-être conduits par leur chef le long d'itinéraires invisibles, comme un passage de gibier. Combien ? Impossible à dire ; trop éloignés encore. Puis soudain, comme surgis des entrailles mêmes de la terre, argentés sous la clarté lunaire, apparurent cinq grands loups. Lancés dans leur course, ils semblaient vouloir continuer sans se soucier de rien, mais, aussi brusquement qu'ils avaient jailli du néant, ils s'arrêtèrent. Ce n'est qu'à ce moment qu'Ippolito comprit qu'il était pour eux bien plus appétissant qu'un misérable volatile décharné.

Les bêtes entourèrent aussitôt l'arbre, hurlant, aboyant, montrant les crocs. Deux d'entre elles s'étaient assises sur leurs pattes de derrière, les autres tournaient autour du tronc pour trouver un point d'attaque.

Combien de temps le siège durerait-il ? Ippolito s'était préparé à tenir la nuit entière, car, il en était sûr, l'arrivée du jour pousserait les bêtes plus haut dans la montagne. Mais c'étaient là des prévisions faites depuis son cabinet ; ici, dans le bois, avec cette lune qui faisait briller les babines luisantes de salive, son esprit, dévoré par la peur avant même que son corps ne le soit par leurs dents, aurait pu céder à tout instant.

En attendant, les loups enhardis jetaient leurs pattes antérieures le long du fût de l'arbre sec, vers la branche où se tenait leur proie. Toute tentative de grimper étant vaine, deux d'entre eux bondissaient alternativement, museau levé, gueule béante, cherchant à saisir au vol sinon les chairs, du moins les vêtements du juge. Celui-ci, de son côté, ne pensait plus qu'à assener des coups avec son bâton, et ses gestes, d'abord assez précis pour frapper une des bêtes les plus proches, devenaient peu à peu désordonnés, et l'arme rudimentaire fendait l'air en vain.

Ce fut en retombant d'un de ces sauts phénoménaux que le plus gros et le plus féroce des loups roula sur le flanc et glissa de quelques pas vers la vallée, finissant par découvrir l'appât. Bien que sa nature sauvage le poussât à l'assaut de la proie humaine, le loup éprouva, plus fort que son instinct, l'appel des viscères, et se jeta sur la volaille.

Ce qu'Ippolito vit et entendit tout de suite après lui laissa une sensation d'horreur et de dégoût sans pareille.

Le loup qui avait avalé en quelques bouchées

le cadavre jeté là par le meunier était resté un instant comme pétrifié, puis de sa gueule était sortie une longue plainte, comme d'un enfant martyrisé ; enfin, les pattes raidies et les yeux écarquillés, il s'était écroulé au sol, tandis que de ses dents serrées s'écoulait de la bile mêlée de sang.

Les autres bêtes, qui donnaient encore la chasse au juge, entendant le hurlement de leur congénère, se tournèrent dans sa direction et, atterrées, observèrent la scène ; alors, saisissant par leurs sens mystérieux la présence de la mort sur ce coin de forêt, elles détalèrent comme des démons fous furieux.

Le juge resta sur son arbre le temps nécessaire pour que sa respiration redevienne moins convulsive, et que le bois tout entier, une fois le grand danger écarté, reprenne sa vie et ses bruits. Il descendit alors et s'approcha du loup imprudemment tombé dans le piège ; il en toucha le corps, qui eut un soubresaut : ce qui se produisait brusquement n'était donc pas la mort, mais un semblant de mort, suivi d'une longue et douloureuse agonie. Une angoisse terrible le prit : Floretta, sa conscience s'était-elle évanouie aux premiers effets de l'empoisonnement, ou y avait-il eu de longues heures durant lesquelles l'enfant n'avait pu que souffrir et se voir mourir ? Et ainsi de la mère, de la grand-mère et d'Isoardo.

Oui, maintenant il en avait la certitude ; observant la fin du loup, il s'était persuadé que, derrière les crimes de la Thullie, il y avait une seule herbe jaune toxique, et derrière cette herbe, une seule main : celle de Costante.

Les pattes de la bête mourante tremblaient, comme d'un chien qui rêve. Avec l'aube arriverait le chasseur pour ramasser son butin, mais il deviendrait proie à son tour : à présent Ippolito avait besoin d'un aveu. Se cacher. Arriver par-derrière. Lui pointer son stylet sur le flanc. Ou même l'assommer avec un gourdin. Ensuite, l'attacher et l'obliger à parler ; là, au milieu des arbres, loin de tous. Le juge, debout devant le loup, se répétait à lui-même, comme en une litanie, la séquence des gestes prévus pour sa confrontation avec l'assassin.

D'un coup, deux bras jaillis de l'ombre immobilisèrent les siens à la hauteur des hanches, lui ceinturant le corps et le serrant avec force.

— Je vous ai capturé, entendit-il crier dans l'obscurité.

La phrase était menaçante, mais non la voix qui la prononçait. Il y avait même en elle une note d'enthousiasme et de joie, presque d'amitié.

La prise des deux bras inconnus se relâcha, et dès qu'Ippolito put se retourner, il trouva devant lui le visage souriant du Bâtard.

— Je t'avais dit de filer d'ici.

— Eh bien, je suis descendu au village, mais après j'ai eu envie de voir ce que vous feriez à l'arrivée des loups, et donc je suis revenu. Ça n'a pas été très beau, hein ?

— Tu as tout vu ?

— Oui, j'étais caché tout près.

Comme il était irritant, ce gamin ! Et cependant si habile et si courageux. Il éprouva un peu de jalousie et un peu d'admiration. Mieux valait l'avoir comme allié.

— Écoute, Bâtard, je vais te dire ce que tu devras faire quand Costante viendra.

— Vous me donnerez encore des sous ? demanda le garçon qui commençait peut-être à en comprendre la valeur.

— Non, si tu veux, tu peux rester ici et faire ce que je te dis, mais plus d'argent ; sinon, tu t'en vas.

— Je reste, ça me plaît de vous aider.

Accepter cette tâche, quelle qu'elle soit, c'était pour le Bâtard comme revêtir la toge virile, et sa voix vibrait d'orgueil.

Ils s'entendirent en peu de mots, en personnes pragmatiques et expéditives, et ils passèrent le peu de nuit restant en silence, l'un à côté de l'autre, se protégeant du froid avec la couverture d'Ippolito.

Avec l'aube, la froide clarté lunaire vira au bleu, puis commença à tendre vers l'orangé. De nouveaux bruits se substituèrent à ceux de la nuit, et les chants des oiseaux se firent plus vifs, plus joyeux ; ou bien n'était-ce là que l'effet du soulagement de voir se dissiper les ténèbres.

Des brindilles brisées, un piétinement de feuilles sèches. Quelqu'un approchait.

— Bas les pattes de ce loup, Bâtard : il est à moi.

— Cette bête est morte toute seule, il y a pas de fosse, par ici, ni de collets, comment peux-tu dire qu'il est à toi ?

— Il est à moi, car j'ai mis l'appât avec le...

Peut-être aurait-il voulu prononcer le mot « poison », ou le nom de la plante aux barbes jaunes, ou autre chose encore, mais il ne dit rien, car derrière lui quelque chose remua et, lorsqu'il se retourna pour comprendre de quoi il s'agissait, un violent coup de poing l'atteignit entre la bouche et le nez, le faisant vaciller, puis s'écrouler. Avec sa vivacité d'animal, le Bâtard aussitôt fut sur l'homme et lui lia les jambes et les poignets à l'aide de la corde que lui avait donnée le juge ; puis tous deux le retournèrent : ses traits étaient presque entièrement effacés par la grande tache de sang qui s'était instantanément étendue à partir du nez et des lèvres, et on avait du mal à y reconnaître le visage du meunier Costante. Ippolito s'étonna lui-même de la furie avec laquelle il avait frappé ; la certitude de se trouver devant l'assassin d'Isoardo, la rage et la peur avaient décuplé ses forces.

Ils installèrent Costante le dos contre un arbre et essayèrent de lui nettoyer la figure, même si le sang continuait doucement à couler du nez fracassé. Le juge prit un bout de chiffon et voulut l'humecter avec l'eau de la petite outre qu'il portait, mais celle-ci se trouvait presque vide.

— Va la remplir, ordonna-t-il au gamin.

Lequel obéit sans répliquer.

Lorsque le Bâtard se fut éloigné, le juge commença à interroger son prisonnier en adoptant un ton calme et sarcastique.

— Dis-moi, Costante, pourquoi avoir tué la famille d'Isoardo ?

— J'ai tué personne, moi ; c'est ce diable de Colombano.

— Ainsi, c'est lui qui t'a enseigné la manière d'utiliser ces mousses jaunes pour chasser les loups. Vous êtes donc des compagnons de sorcellerie ?

— Non, je sais rien, moi, je parlais jamais avec Colombano, moi, je suis pas un sorcier, moi…

— Là, tu te trompes, Costante, les bons chrétiens ne vont pas se promener dans les bois pour ramasser des mauvaises herbes.

— Elle est pas mauvaise, elle sert seulement à prendre les loups.

— Qui te l'a dit ?

Le meunier ne répondit pas ; bien que blessé, il gardait un air obstiné et résolu.

— Qui t'a dit, répéta le juge, que ces herbes sont toxiques ?

Aucune réponse.

Peut-être que la lame du couteau le forcerait à parler, ou alors les cris et les insultes, ou, pourquoi pas, un autre coup de poing. Mais la main lui faisait encore mal ; et puis non, il existait d'autres possibilités.

Ippolito rassembla dans son sac les objets qu'il avait éparpillés par terre et fit mine de s'en aller ; le Bâtard le rencontrerait en chemin.

— Juge, où allez-vous ?

— Puisque tu n'as rien à me dire, je rentre au château.

— Vous pouvez pas me laisser attaché ici.

— Crois-tu que personne ne passera par ici pour te délivrer ?

— Mais qui donc vient jusqu'ici ?

— Les loups, par exemple. Moi, cette nuit, j'en ai compté cinq, mais l'un d'eux est mort, donc il ne devrait en revenir que quatre. Ou alors, qui sait, l'odeur de ton sang peut en attirer un plus grand nombre.

Il feignit à nouveau de s'en aller.

— Par pitié, juge Ippolito, m'abandonnez pas.

Mais le juge s'était déjà éloigné de quelques pas.

— Me laissez pas aux loups !

Ippolito continuait sa route.

— Je l'ai appris d'un cavalier ; c'est un cavalier qui m'a montré les barbes jaunes, et qui m'a dit ce que je devais en faire…

Ippolito se retourna et, s'approchant de nouveau du meunier, lui ordonna :

— Raconte-moi tout ce qui s'est passé.

— C'était début août, commença l'autre. Un jour, un cavalier est arrivé…

— De quel côté, d'Oulx, ou de Suse ?

— J'en sais rien, j'étais à la meule, j'ai entendu dehors le hennissement d'un cheval et, quand je suis sorti, y avait un homme grand, avec une cape blanche ; il venait juste de mettre pied à terre. Je sais pas qui c'était, mais lui connaissait mon nom. Il a pris la bourse qu'il avait pendue à sa ceinture et l'a vidée sur l'établi du porche. Y avait quarante pièces d'or. Il m'a dit qu'il me les donnait si je faisais quelque chose pour lui. De sous sa selle, il a pris une de ces barbes jaunes de mousse, et m'a demandé si j'en avais déjà vu, et si elles poussaient dans le coin. Je lui ai dit que oui. Alors, il m'a expliqué qu'il y a très longtemps, dans le Nord, on s'en servait pour tuer les loups.

— Mais, ces sous, il ne te les donnait pas pour chasser les loups, n'est-ce pas ?

— Non, c'était pour Isoardo ; quand sa femme viendrait moudre le seigle, je devrais mélanger la poudre des barbes jaunes à la farine, avec un peu de sable aussi, qui griffe et fait mieux pénétrer le poison ; mais peu de sable, sinon ils s'en apercevraient.

— Et tu l'as fait ?

— Oui.

— Et puis, comme tu connaissais le procédé, tu en as profité pour chasser.

— Oui.

— Mais pourquoi devais-tu supprimer Isoardo ?

— Je sais pas, il me l'a pas dit.

— Le lui as-tu demandé ?

— Non.

— Qui était ce cavalier ?

— Je sais pas.

Tuméfié, en sang, dépenaillé, Costante ressemblait à présent à une baudruche dégonflée. Ses réponses, laborieusement marmottées, étaient de plus en plus courtes, de plus en plus inutiles. Inutile aussi de lui poser d'autres questions ; Ippolito y renonça. D'ailleurs, Costante n'avait plus rien à dire : le juge devrait chercher ailleurs les dernières réponses, mais au fond de son âme il savait qu'il les connaissait déjà.

Le spectacle de cette carcasse humaine meurtrie dans son corps et mortifiée dans son âme aurait dû mener le juge sur la voie de l'indulgence ; au contraire, fort désormais d'avoir établi la culpabilité de Costante, il éprouva une violente envie de s'acharner sur ses membres. Par vengeance, de rage, dégoûté par celui qui faisait commerce de la vie, d'une vie bonne, comme celle d'Isoardo, d'une vie candide, comme Floretta. Il voyait déjà les loups faméliques se repaître de la chair du meunier ; il entendait leur grondement hargneux comme les cris impuissants du meunier mis en pièces. Il n'interviendrait pas, ne l'aiderait pas, mais goûterait chaque morsure, chaque lacération, jusqu'à ce que les os décharnés de l'autre blanchissent sur le tapis de feuilles mortes.

Sa macabre vengeance imaginaire fut interrompue par le retour du Bâtard avec l'eau. Ils burent, lavèrent le visage du prisonnier, et enfin, lui ayant libéré les jambes de leurs liens, le conduisirent au château en passant par l'un des chemins secrets et déserts du gamin.

Enfin, après avoir enfermé Costante dans une cellule et congédié le Bâtard, Ippolito se jeta tout habillé sur la paillasse de sa chambre pour dormir quelques heures de l'après-midi : la nuit, il le savait, serait de nouveau sans sommeil, car, à présent, le second des conseils du syndic Sibille, celui de rechercher de nouveaux documents, valait également la peine d'être suivi.

# IX
## *Finale*

*E Culumban l'an liberà,*
*cun or e arzan a l'an pagà.*
*Ma vui chi scute, scuteme mi*
*l'onur 'd n'om a val 'd pi.* *

Le matin du 20 octobre 1533, les soldats qui gardaient la frontière entre Chiomonte et Gravere, entre les terres du roi de France et celles du duc de Savoie, assistèrent attentifs à une cérémonie chargée de tension. Les protagonistes s'étaient disposés le long de la ligne qui, arbitraire et non naturelle, marquait la séparation, sans cela invisible, entre les deux pays : d'un côté, celui de la France, il y avait deux hommes avec une cape rouge et les insignes de la Prévôté d'Oulx ; de l'autre, celui de la Savoie, un jeune homme de bel aspect, lui aussi une cape

* Colombano a alors été libéré, / et payé avec de l'or et de l'argent. / Mais vous qui écoutez, écoutez-moi / l'honneur d'un homme vaut bien davantage.

sur les épaules, et un homme à peine plus âgé peut-être, mais infiniment plus las.

Une cérémonie silencieuse, un échange. Les cavaliers de la Prévôté déposèrent de l'autre côté de la ligne frontalière un écrin ; en contrepartie, le jeune homme du versant savoyard leur remit une lettre. Les soldats des deux États, avertis de ce qui aurait lieu et dûment soudoyés, veillaient à ce que rien d'imprévu ou de violent ne trouble ce mystérieux commerce : le coffret contre la lettre, rien de plus.

La lettre était adressée au Secrétaire du Conseil delphinal à Grenoble, et tenait en quelques lignes :

*Excellence,*

*Brûlez le document que je vous ai envoyé avec ma dernière missive en vous priant de le garder scellé jusqu'au moment où vous auriez connaissance de ma mort. Ma vie n'est plus menacée, et cet écrit traite de faits qu'il vaut mieux désormais oublier : détruisez-le.*

*Votre très dévoué.*

IPPOLITO BERTHE

L'écrin renfermait des bijoux et de l'or. Le jeune homme le prit, l'ouvrit, en évalua sommairement le contenu et, l'ayant refermé, l'attacha à la selle de son cheval.

La cérémonie était finie, et ceux qui y avaient participé, éperonnant leurs montures, s'éloignèrent à la hâte dans deux directions opposées.

— Arrêtons-nous ici, Colombano ; nous voilà désormais en sécurité, dit le jeune homme en descendant de cheval et en prenant l'écrin.

— Comme vous voudrez, juge Ippolito, répondit l'autre.

Ils n'avaient pas fait beaucoup de chemin depuis le lieu de l'échange, mais maintenant qu'ils étaient définitivement dans les États du duc de Savoie, le juge se sentait bien plus tranquille. Ils avaient attaché les chevaux à un arbre et s'étaient assis sur l'herbe d'une colline d'où l'on dominait la ville de Suse et la large vallée creusée par la Doire descendant vers le Pô.

Ippolito examinait les pierres précieuses du coffret avec bien plus de soin que tout à l'heure. Colombano, en revanche, regardait les montagnes environnantes comme s'il n'en avait jamais vu de semblables avant cela : après deux mois de cellule, durant lesquels il n'avait contemplé rien d'autre que les pierres des murs, la liberté soudaine et inattendue lui donnait une sensation d'étourdissement. Il sentait le vent sur sa peau, il voyait le soleil, bien qu'un peu pâle, il touchait l'herbe, il flairait la terre : de prisonnier, il était redevenu un homme.

Depuis quelques jours déjà, avec l'arrivée d'un occupant pour la cellule jouxtant la sienne, le tailleur de pierres avait compris qu'il y avait du nouveau, mais il n'avait saisi que ces nouveautés signifiaient pour lui sa libération que ce matin même, lorsque le juge en personne avait ouvert la porte de son cachot. Et même, peut-être ne l'avait-il pas saisi tout à fait ; simplement il s'était retrouvé dehors ; d'abord sur un cheval, puis à la frontière, et finalement ici, à contempler le paysage.

— Où allons-nous, juge Ippolito ?

— Partout où nous le voulons ; avec le contenu de cette cassette, nous pouvons aller où bon nous semble.

— Mais quand retournerons-nous à Chiomonte ?

Il avait le ton plaintif d'un enfant, Colombano. Du reste, on ne lui avait rien dit de plus que ce qu'on eût dit à un enfant emmené par la main par ses parents, tout s'était passé au-dessus de lui, sans lui.

— Nous n'y retournerons jamais, lui répondit le juge, du moins si tu tiens à la vie.

— Qu'est-ce que ça veut dire ?

— Ça veut dire que tu as échappé à l'empoisonnement, à la pendaison et au bûcher. Es-tu sûr d'avoir encore envie de retourner là-haut ?

— Je ne comprends pas, je ne comprends pas…

Comme un fou, Colombano Romean lançait autour de lui un regard interrogateur ; il se sentait étranger à ces terres qui n'étaient cependant qu'à deux lieues de chez lui, étranger à sa propre vie : l'enfermement dans les cachots du château lui apparaissait à présent comme une sorte de long sommeil durant lequel quelqu'un avait pris possession de son corps et le menait maintenant dans des pays inconnus, tandis que son âme assistait impuissante.

Ippolito, excité par sa richesse soudaine, supportait mal les questions de l'autre ; mais, au fond, c'était là surtout l'histoire de Colombano, et il se disposa à la lui raconter, du moins dans la mesure du possible.

— Vois-tu, Colombano, Isoardo et les siens ne sont pas morts à cause du seigle ergoté, ni d'un maléfice ou de brigands : on les a tués avec du poison.

— Qui ?

— Costante, le meunier. Il a moulu une plante toxique avec le seigle que la femme d'Isoardo lui avait donné pour faire de la farine. C'est avec cette farine empoisonnée qu'ils ont fait leur pain, ils l'ont mangé et ils sont morts. Ils étaient déjà morts quand les brebis et les chèvres sont entrées dans la maison, ont tout renversé et ont mangé la farine restée dans la maie, et c'est ainsi qu'elles sont mortes elles aussi.

— Alors je veux retourner là-bas pour voir Costante au gibet.

— Costante a pris ta place en prison, et toutes les tortures de l'inquisiteur seront pour lui. On le mettra sur la roue, on lui arrachera les dents et les doigts, et à la fin il dira qu'il a pactisé avec le diable. Il dira que le diable s'est présenté à lui sous la forme d'un cavalier à cape blanche, qui lui a proposé un marché qu'il a accepté. À la fin, il ira sur le bûcher, mais tu ne pourras pas le voir.

— Pourquoi ?

— Colombano, cria le juge exaspéré, si tu devais remettre les pieds à Chiomonte, à Exilles, à Salbertrand ou à Oulx, tu serais tué par la même volonté meurtrière qui a décrété la mort d'Isoardo : cette farine empoisonnée t'était destinée. Isoardo, Floretta et les autres devaient mourir, mais seulement afin que tu meures toi aussi. Je te pose encore la question : combien de personnes savaient que tu ne mangeais plus le pain d'Isoardo ?

— Personne, répondit le tailleur de pierres sans comprendre.

— C'est justement ce qui t'a sauvé la vie. Celui qui voulait te tuer croyait que ta nourriture était la même que celle des habitants de la

Thullie, et c'est bien pourquoi il y a mis du poison.

— Mais si désormais Costante est enfermé… objecta Colombano.

— Costante a fait ce que d'autres ont décidé, et ceux-là sont encore en liberté ; plus pauvres, mais libres.

Et le juge sourit en prononçant ces derniers mots.

— Qui sont-ils ?

— Cela, je ne peux pas te le dire. C'était quelqu'un qui ne voulait pas que tu termines le percement des Quatre Dents.

Le percement, la galerie, l'aqueduc, huit ans de vie, l'ouvrage le plus grand qu'un homme seul puisse réaliser. Brusquement, la sourde souffrance que Colombano portait en lui depuis qu'il avait quitté Chiomonte se réveilla dans un cri.

— Je dois retourner là-haut. Je dois finir ma galerie. J'y ai travaillé huit ans, à présent je dois la finir, et je dois toucher ma récompense.

— Ta récompense, dit Ippolito en désignant le coffret, est déjà là. C'est moi qui te l'ai obtenue, et tu auras ta part dès que tu le voudras. Il y a là-dedans plus d'or que tout ce que tu peux imaginer.

Ahuri, Colombano se tut. Il restait immobile, assis sur l'herbe, mâchonnant des pensées qui affleuraient à ses lèvres dans un marmottement couvert par le bruit du vent. En bas, à Suse, on voyait les vilains sortir de la ville pour aller dans leurs potagers, on voyait les charrettes auprès des restes du vieil arc romain ; bref, on voyait la vie.

Ippolito entre-temps comptait les pièces, mais il en perdait le fil et recommençait du début, dans un jeu qui semblait beaucoup l'amuser.

Ce fut au terme d'une longue réflexion que Colombano leva la tête vers Ippolito pour lui parler.

— Juge Ippolito, je crois que l'homme qui voulait me tuer et qui a assassiné Isoardo a acheté sa liberté avec l'argent de ce coffret.

Ippolito fut un peu surpris et un peu soulagé par le fait que l'autre avait finalement compris, et lui répondit :

— Cet homme peut acheter beaucoup de choses, même sans pièces ; ces pierres précieuses sont seulement ta récompense.

— Ne sont-elles pas aussi le prix de votre silence ?

— Oui, mais mon silence vaut peu car, même si j'avais parlé, je ne sais pas quelle cour aurait pu le condamner. Ce n'est peut-être que si je m'étais fait tuer par lui que le monde m'aurait cru. Mais il a préféré me payer, non par peur, mais par commodité.

— Vous, juge, vous lui avez vendu ce qui ne vous appartient pas. Vous lui avez vendu la justice pour Isoardo, vous lui avez vendu ma vie et mon ouvrage.

— Je lui ai vendu seulement ce dont il se serait emparé lui-même sans cela.

— Non, il n'aurait pas pu prendre ma dignité, et pas plus la vôtre.

— De quelle dignité parles-tu ?

— Je parle d'hommes qui se font payer pour faire un travail, et non pas pour ne pas le faire ; votre travail, c'était la justice, mais quelqu'un vous paie pour le contraire ; le mien, c'était de creuser la montagne, et vous, vous avez pris des sous pour que la montagne reste comme elle est. Vous partirez sans moi, juge Ippolito. Moi, je retourne à Chiomonte, je retourne aux Quatre Dents, et je finis ma galerie. Quand je l'aurai finie, je toucherai ma récompense, mais cette galerie restera toujours la mienne. Personne ne peut me prendre ma galerie, car je l'ai déjà payée avec chaque once de terre arrachée de là. Adieu, Ippolito, que Dieu vous accompagne et vous aide à effacer le remords.

Sur ces paroles, il remonta en selle et, au galop, retourna vers Chiomonte.

Mais quel remords ? Aucun remords pour celui dont la seule faute est d'avoir libéré un homme innocent. Ou peut-être alors, le remords de l'avoir laissé partir vers son bourreau. Quant à ce dernier, le bourreau, un simple juge de la province la plus reculée aurait-il vraiment pu le faire condamner ? Quand donc la justice avait-elle été si forte ? Il avait dit juste, tout à l'heure : l'autre l'avait payé seulement par commodité, car un nouvel homicide et une absolution du Conseil delphinal lui auraient coûté bien plus, mais assurément ce n'étaient pas là des choses impossibles à acheter. Le remords, alors, d'avoir tiré profit de l'injustice. Mais si la moitié de l'or qu'il avait négocié avec l'assassin était vraiment destinée à Colombano… Était-ce une faute que d'assurer à l'ouvrier le juste salaire ?

Troublé, le juge ; avant de quitter ce bout de pré donnant sur la vallée, il voulait comprendre si, dans les décisions précipitées qu'il avait prises ces jours derniers, il y avait quelque chose d'erroné, quelque chose dont éprouver du remords. Mais passer en revue ces choix était une tâche bien difficile, étant donné que tout avait dépendu de la lettre adressée au Prévôt. Il tira d'une sacoche qu'il portait en bandoulière le calepin où il avait rédigé le brouillon de cette ultime et fatale missive, et commença à lire.

*Au très Honorable et Excellent Prévôt de la Prévôté d'Oulx*

*Excellence,*

*Depuis deux jours, l'homme qui a levé sa main d'assassin sur le brave Isoardo et sur sa famille est enfermé dans les cachots du château de Chiomonte, d'où je vous écris ; celui qui a armé cette main est cependant en liberté, car Costante, l'assassin, n'a pas su m'indiquer son nom. Mais ce nom, vous et moi le connaissons.*

*Des semaines durant, vous vous êtes joué de moi, et vous m'avez utilisé comme instrument de votre pervers dessein.*

*La tentative ayant échoué, de tuer Colombano au moyen du pain empoisonné qui a causé la mort des autres, vous avez tramé dans l'ombre, et avec vos obscurs valets, vous avez excité les esprits contre Romean, en les poussant au lynchage. Tandis que vous me recommandiez à moi silence et discrétion, vous faisiez répandre par les champiers la rumeur des meurtres de la Thullie. Tout était prêt, mais une fois de plus Colombano a échappé à la mort et, en saisissant l'anneau de salut, il s'en est remis à la justice de l'église.*

*Vous ne vous êtes pas démonté, car il vous restait en main la meilleure arme : qu'y a-t-il de mieux qu'un jeune juge inexpérimenté, qu'un montagnard ignorant que le destin avait indignement placé dans cette charge ? Nouveau Minotaure, vous avez bâti un labyrinthe d'accusations dans lequel j'aurais dû me perdre : étourdi par toutes ces plaintes, j'aurais fini par céder devant les accusations les plus graves, et j'aurais moi-même, argile malléable dans vos mains habiles, décrété la mort par pendaison pour Colombano.*

*Mais, cette fois, vous avez été plus prévoyant, et avez même prévu l'échec ; si le procès ne se concluait pas par le gibet, il y aurait toujours un bûcher, auquel, victime de la crédulité que vous m'avez toujours reprochée, je n'aurais pas su ni voulu m'opposer.*

*Devant moi, vous affirmiez l'absolue nécessité de sauver la vie du tailleur de pierres, mais en secret vous ourdissiez la trame de sa mort.*

*Est-ce un excès de zèle, ou le goût des mauvais tours, qui vous a fait commettre une erreur ? Est-ce pour m'égarer totalement, ou pour m'exposer à la risée, que vous m'avez incité à suivre les impossibles traces du Roi des Ribauds et de ses acolytes qui moisissaient depuis un siècle dans les oubliettes ? Ou alors était-ce seulement pour me tenir occupé en attendant l'inquisiteur ?*

*Si vous ne vous étiez pas autant avancé, le sorcier Colombano, le diable Colombano serait prêt pour les flammes. À présent cependant, mes yeux sont ouverts sur la vérité, et l'instrument que j'ai découvert en forçant cette nuit l'armoire du notaire Chalvet confirme tous mes soupçons : nul plus que vous ne trouvait avantage à la mort de Colombano Romean. Cet acte, contracté depuis plus d'un an et conservé sans trop de soin par Chalvet, établit entre vous et les commanditaires qui avaient les premiers lancé les travaux de la Thullie que la moitié des charges inhérentes initialement auxdits commanditaires, à savoir aux notables de la communauté, serait assumée par la Prévôté, et ce pour mettre fin aux vieilles querelles qui risquaient d'interrompre à jamais l'exécution de l'aqueduc. Cette galerie vous était indispensable pour accroître la valeur de vos terres exposées au midi ; grâce aux eaux nouvelles, les récoltes augmenteraient considérablement, et avec elles les dîmes : il valait donc la peine d'endosser ces dépenses que la communauté ne voulait plus affronter, il valait la peine de promettre le paiement de la moitié de la récompense de Colombano. Cela valait la peine d'autant plus que vous saviez déjà que cette récompense ne profiterait jamais à son destinataire ; fort de votre impunité, vous prépariez déjà vos poisons.*

*Vous avez patiemment attendu que l'irremplaçable Colombano parvienne presque au terme de son ouvrage. À son insu, vous avez fait mesurer et calculer à plusieurs reprises la longueur de la galerie, et lorsque vous avez compris qu'il ne restait plus qu'une mince pellicule de roche, vous avez enrôlé votre sicaire. Dès lors que, pour compléter la galerie, il suffisait de n'importe quelle brute armée d'une masse et d'un burin, à payer de quelques monnaies d'argent, Romean pouvait s'envoler pour le royaume des morts, aussi pauvre que lorsqu'il s'en était venu de Provence.*

*À présent que mes yeux voient la vérité, je sens mon âme ravagée par la colère. Si j'étais sûr de réussir, je vous rejoindrais une nuit, et fustigerais vos chairs pour venger l'innocence de Floretta et de son corps de vierge, car je n'ai pas espoir de vous voir pendu au terme d'un juste procès. Mais je sais que vous avez de solides gardes au-dehors et à l'intérieur de ce temple dont vous avez fait un marché, et tenter de pénétrer jusqu'à vous serait comme vous offrir ma vie et mon silence ; mieux vaut donc vous le vendre, mon silence.*

*Tandis que vous lisez ces lignes, un messager a déjà remis entre les mains du Secrétaire du Conseil delphinal une missive et un document scellé dans lequel je vous accuse comme je l'ai fait ici : si le Secrétaire ne reçoit pas de mes nouvelles avant la nouvelle lune, ou s'il apprend ma mort, il ouvrira ce document, et l'accusation sera rendue publique.*

*Demain, à la tierce, deux de vos cavaliers se trouveront à la frontière avec le duché de Savoie pour apporter un coffret…*

Non, il n'y avait pas d'erreurs ; tout avait été inévitable, cohérent, logique : c'était bien là sa conviction.

Il referma son calepin et assura de nouveau son précieux bagage à la selle, puis monta sur son cheval et se tourna vers l'ouest ; avec les yeux de l'esprit, il revit la rue pavée, la place, le château, les maisons adossées et, en dernier, un peu à l'écart du village, l'humble maison de Margherita, l'enfant sur le seuil et la femme torse nu qui se lavait à la fontaine. Il eut encore envie d'elle et de ses lèvres, de ces lèvres qui, la veille, lorsqu'il lui avait annoncé qu'ils ne se reverraient jamais plus, s'étaient seulement crispées dans une légère grimace qui retenait les larmes, avant de se détendre dans un sourire éteint lorsqu'il lui avait remis sa bourse pleine d'argent : tout ce qu'il possédait.

Il eut encore envie de Margherita, le juge Ippolito, il eut envie de tranquillité, de la monotonie de son vieil office ; mais il était riche à présent, riche et jeune, et la vallée de Suse qui s'ouvrait sous la colline et sous son regard lui parut être le signe du monde qui s'étendait à ses pieds : le juge Ippolito éperonna son cheval et galopa dans cette direction.

# Épilogue

*Di là da cui boscagi*
*j'è quat mort da suterè.*
*E 'l pare e la mare*
*e la veja l'an massà ;*
*e na fia d'quìndes ani*
*ch'a smija penha endurmentà.*

*Quand la gent a l'è muntà*
*per andeje a suteré,*
*a l'a vist Culumban*
*ch'a fasia so mesté.*
*A l'an vist Culumban*
*a l'an falu përzuné.*

*'l bun Culumban (bis)*
*a porta l'éigua dal mont al pian*
*'l bun Culumban (bis)*
*a fura la pe(y)ra cun la sua man.*

*Anans al giüdise*
*a j'è tüt 'l pais*
…

*« Culumban a l'a massà ! »*
*siur giüdise pende lo farà*
*« Con 'l diau a l'a giügà ! »*
*Culumban a l'è përzuné*
*« Con le masche a l'a dansà ! »*
*siur giüdise lo farà brüsé.*

*'l bun Culumban (bis)*
*a porta l'éigua dal mont al pian*
*'l bun Culumban (bis)*
*a fura la pe(y)ra cun la sua man.*

…

*Per pié 'l lüv a fan 'l pan*
*a fan 'l pan envelenà.*
*Chi ch'a na mangia 'n toc*
*a va a ciamé 'l consur.*
*Chi ch'a na mangia dui toc*
*a va a ciamé 'l sotrur.*

*E Culumban l'an liberà,*
*cun or e arzan a l'an pagà.*
*Ma vui chi scute, scuteme mi*
*l'onur 'd n'om a val 'd pi.*

*La chanson s'arrête là et ne dit rien de plus sur le sort des deux protagonistes, peut-être parce que Ghitin, ultime gardienne de cette tradition, l'a abrégée outre mesure en en confondant le finale avec celui d'autres chants de sa jeunesse. Ce que la chanson omet peut cependant facilement être retrouvé dans les livres d'histoire locale, car Colombano a été réellement un personnage historique.*

*Chiapusso, dans son essai :* Il traforo della Thullie e Colombano Romean (Suse, 1879), *affirme sans l'ombre d'un doute que « les registres ultérieurs des archives de Chiomonte montrent que Colombano Romean avait un frère qui est né et qui a vécu à Chiomonte, où il est mort assez vieux dans le dernier quart du* XVI*e* *siècle. Romean devait mourir peu après son frère, regretté de tous, laissant à la postérité un ouvrage indestructible qui aujourd'hui encore suscite l'admiration, mais plus encore laissant gravé dans le cœur de ses compatriotes le plus noble des sentiments : la gratitude ».*

*C'est avec la même assurance que De Lavis-Trafford est parvenu à des conclusions opposées : « Son travail fini, il fut remis solennellement à la Communauté au cours de grandes festivités ; Romean fut à l'honneur. Mais bientôt après... il mourait empoisonné ! » (M. A. De Lavis-Trafford,* L'Identification topographique du col alpin franchi par Hannibal, *1956).*

*Donc, selon De Lavis-Trafford, Colombano eut tout juste le temps de fêter l'achèvement de l'ouvrage, avant d'être empoisonné. C'est là ce que dit également la légende locale, tandis que d'autres versions parlent bien d'une mort prématurée, mais due à l'hydropisie et aux excès qui suivirent la fin des travaux.*

*Il n'existe pas d'informations plus précises.*

*Les données concernant Ippolito Berthe sont encore plus rares. Il est à présumer que, après les faits relatés, le juge, ayant quitté ses fonctions, s'est établi quelque part dans le duché de Savoie ; mais où ?*

*Un manuscrit de la fin du* XIX^e^ *siècle signale la présence d'un Ippolito Berta à Cantoira, dans la Valle di Lanzo, et le décrit comme un exilé ; un homme triste et riche, peut-être noble, qui paraissait détenir un lourd secret ou une grande peine. D'autres histoires parlent de sa conversion et d'un trésor caché dans les souterrains de son palais. En vérité, ces sources font remonter la mort de cet Ippolito, une mort violente au combat, à une date postérieure à 1584, ce qui rendrait difficile, sinon impossible, de supposer qu'il s'agisse de notre juge, car il aurait été presque octogénaire à cette époque ; toutefois, on sait que les indications des vieilles chroniques ne sont jamais totalement fiables, et il est fascinant d'imaginer qu'Ippolito, le montagnard de l'Oisans, se serait définitivement installé dans les montagnes. On pourrait sans doute effectuer des recherches plus précises, mais je crois qu'il vaut mieux s'en tenir aux conseils que ce même manuscrit adresse à ses lecteurs :*

*« Je ne crois pas qu'on puisse jamais répondre avec certitude à ces interrogations, et c'est mieux ainsi, car si la vérité pouvait en être connue, cela ôterait sans doute au personnage d'Ippolito toute la fascination que le mystère et la légende suscitent autour de lui ; et il me semble que le meilleur parti est de ne plus s'occuper du passé, mais de simplement répéter ce qu'on raconte encore sur lui dans le Val Grande, et qu'on racontera encore dans les siècles à venir ; tant que, durant les veillées, lorsque la neige recouvrira les toits gris, les enfants apprendront de leurs grands-parents les vieilles traditions, même si celles-ci nous rapportent de deux façons différentes la cause qui entraîna la mort d'Ippolito, et ne s'accordent que pour dire qu'il tomba au Roc Berton, haut rocher qui prit ce nom après la mort du jeune prince, et que l'on aperçoit de la route du Val Grande. Il surgit, sombre et menaçant, de la Stura, non loin du Monte Bastia, sous Sant'Ignazio, et l'eau verte et profonde le frange d'écume.*

*« Au sommet de ce rocher, on aperçoit une colonne bizarre portant d'anciennes peintures, preuve tangible d'une tragédie au Roc Berton ;*

*car il est de coutume, dans le Val Grande, d'ériger, en particulier le long des routes, des colonnes en l'honneur de la Madone ou des Saints, pour commémorer une mort violente survenue là ; et qui a entendu la légende d'Ippolito Berta ne peut pas regarder ce rocher noir, l'eau profonde, le paysage si triste de ce site, sans en être profondément touché.*

*« Certains disent que tandis qu'Ippolito rentrait à Cantoira, victorieux et vêtu de rouge comme il l'avait promis, il fut attaqué près du Roc Berton par des brigands, comme on en rencontrait fréquemment à cette époque, les routes étant peu sûres, et la justice souvent lente ou impuissante ; il ne put se libérer de ses agresseurs malgré une lutte acharnée, lesquels le précipitèrent du haut du rocher dans la Stura, où il mourut. D'autres racontent qu'il rencontra, près du gros rocher, un cavalier inconnu, sans doute son ennemi, et qu'un combat furieux eut lieu entre les roches sombres des montagnes ; le bruit du torrent ne couvrait même pas le son des armes s'entrechoquant, jusqu'à ce qu'Ippolito, mortellement blessé, ne tombe en rebondissant de rocher en rocher dans le torrent, où il mourut dans cette eau verte qu'il avait peut-être regardée tant de fois avec envie durant les tristes journées de son exil, alors que celle-ci courait, toujours libre, vers la plaine et l'horizon infini. »*

## DU MÊME AUTEUR

*Aux Éditions Gallimard*

*Dans la collection Série Noire*

À MON JUGE, 2008.

*Aux Éditions La fosse aux ours*

TRAIN 8017, 2004 (Folio Policier n° 495).

LA CHANSON DE COLOMBANO, 2002 (Folio Policier n° 336).

# COLLECTION FOLIO POLICIER

*Dernières parutions*

| | | |
|---|---|---|
| 209. | Larry Brown | *Joe* |
| 210. | Pierre Pelot | *L'été en pente douce* |
| 211. | Georges Simenon | *Il pleut bergère...* |
| 212. | Thierry Jonquet | *Moloch* |
| 213. | Georges Simenon | *La mauvaise étoile* |
| 214. | Philip Lee Williams | *Coup de chaud* |
| 215. | Don Winslow | *Cirque à Piccadilly* |
| 216. | Boileau-Narcejac | *Manigances* |
| 217. | Oppel | *Piraña matador* |
| 218. | Yvonne Besson | *Meurtres à l'antique* |
| 219. | Michael Dibdin | *Derniers feux* |
| 220. | Norman Spinrad | *En direct* |
| 221. | Charles Williams | *Avec un élastique* |
| 222. | James Crumley | *Le canard siffleur mexicain* |
| 223. | Henry Farrell | *Une belle fille comme moi* |
| 224. | David Goodis | *Tirez sur le pianiste !* |
| 225. | William Irish | *La sirène du Mississippi* |
| 226. | William Irish | *La mariée était en noir* |
| 227. | José Giovanni | *Le trou* |
| 228. | Jerome Charyn | *Kermesse à Manhattan* |
| 229. | A.D.G. | *Les trois Badours* |
| 230. | Paul Clément | *Je tue à la campagne* |
| 231. | Pierre Magnan | *Le parme convient à Laviolette* |
| 232. | Max Allan Collins | *La course au sac* |
| 233. | Jerry Oster | *Affaires privées* |
| 234. | Jean-Bernard Pouy | *Nous avons brûlé une sainte* |
| 235. | Georges Simenon | *La veuve Couderc* |
| 236. | Peter Loughran | *Londres Express* |
| 237. | Ian Fleming | *Les diamants sont éternels* |
| 238. | Ian Fleming | *Moonraker* |
| 239. | Wilfrid Simon | *La passagère clandestine* |
| 240. | Edmond Naughton | *Oh ! collègue* |
| 241. | Chris Offutt | *Kentucky Straight* |

| | | |
|---|---|---|
| 242. | Ed McBain | *Coup de chaleur* |
| 243. | Raymond Chandler | *Le jade du mandarin* |
| 244. | David Goodis | *Les pieds dans les nuages* |
| 245. | Chester Himes | *Couché dans le pain* |
| 246. | Élisabeth Stromme | *Gangraine* |
| 247. | Georges Simenon | *Chemin sans issue* |
| 248. | Paul Borelli | *L'ombre du chat* |
| 249. | Larry Brown | *Sale boulot* |
| 250. | Michel Crespy | *Chasseurs de tête* |
| 251. | Dashiell Hammett | *Papier tue-mouches* |
| 252. | Max Allan Collins | *Mirage de sang* |
| 253. | Thierry Chevillard | *The Bad Leitmotiv* |
| 254. | Stéphanie Benson | *Le loup dans la lune bleue* |
| 255. | Jérome Charyn | *Zyeux-bleus* |
| 256. | Jim Thompson | *Le lien conjugal* |
| 257. | Jean-Patrick Manchette | *Ô dingos, ô châteaux !* |
| 258. | Jim Thompson | *Le démon dans ma peau* |
| 259. | Robert Sabbag | *Cocaïne blues* |
| 260. | Ian Rankin | *Causes mortelles* |
| 261. | Ed McBain | *Nid de poulets* |
| 262. | Chantal Pelletier | *Le chant du bouc* |
| 263. | Gérard Delteil | *La confiance règne* |
| 264. | François Barcelo | *Cadavres* |
| 265. | David Goodis | *Cauchemar* |
| 266. | John D. MacDonald | *Strip-tilt* |
| 267. | Patrick Raynal | *Fenêtre sur femmes* |
| 268. | Jim Thompson | *Des cliques et des cloaques* |
| 269. | Lawrence Block | *Huit millions de façons de mourir* |
| 270. | Joseph Bialot | *Babel-Ville* |
| 271. | Charles Williams | *Celle qu'on montre du doigt* |
| 272. | Charles Williams | *Mieux vaut courir* |
| 273. | Ed McBain | *Branle-bas au 87* |
| 274. | Don Tracy | *Neiges d'antan* |
| 275. | Michel Embareck | *Dans la seringue* |
| 276. | Ian Rankin | *Ainsi saigne-t-il* |
| 277. | Bill Pronzini | *Le crime de John Faith* |
| 278. | Marc Behm | *La Vierge de Glace* |
| 279. | James Eastwood | *La femme à abattre* |
| 280. | Georg Klein | *Libidissi* |
| 281. | William Irish | *J'ai vu rouge* |
| 282. | David Goodis | *Vendredi 13* |

| | | |
|---|---|---|
| 283. | Chester Himes | *Il pleut des coups durs* |
| 284. | Guillaume Nicloux | *Zoocity* |
| 285. | Lakhdar Belaïd | *Sérail killers* |
| 286. | Caryl Férey | *Haka* |
| 287. | Thierry Jonquet | *Le manoir des immortelles* |
| 288. | Georges Simenon | *Oncle Charles s'est enfermé* |
| 289. | Georges Simenon | *45° à l'ombre* |
| 290. | James M. Cain | *Assurance sur la mort* |
| 291. | Nicholas Blincoe | *Acid Queen* |
| 292. | Robin Cook | *Comment vivent les morts* |
| 293. | Ian Rankin | *L'ombre du tueur* |
| 294. | François Joly | *Be-bop à Lola* |
| 295. | Patrick Raynal | *Arrêt d'urgence* |
| 296. | Craig Smith | *Dame qui pique* |
| 297. | Bernhard Schlink | *Un hiver à Mannheim* |
| 298. | Francisco González Ledesma | *Le dossier Barcelone* |
| 299. | Didier Daeninckx | *12, rue Meckert* |
| 300. | Dashiell Hammett | *Le grand braquage* |
| 301. | Dan Simmons | *Vengeance* |
| 302. | Michel Steiner | *Mainmorte* |
| 303. | Charles Williams | *Une femme là-dessous* |
| 304. | Marvin Albert | *Un démon au paradis* |
| 305. | Fredric Brown | *La belle et la bête* |
| 306. | Charles Williams | *Calme blanc* |
| 307. | Thierry Crifo | *La ballade de Kouski* |
| 308. | José Giovanni | *Le deuxième souffle* |
| 309. | Jean Amila | *La lune d'Omaha* |
| 310. | Kem Nunn | *Surf City* |
| 311. | Matti Y. Joensuu | *Harjunpäa et l'homme-oiseau* |
| 312. | Charles Williams | *Fantasia chez les ploucs* |
| 313. | Larry Beinhart | *Reality show* |
| 315. | Michel Steiner | *Petites morts dans un hôpital psychiatrique de campagne* |
| 316. | P.J. Wolfson | *À nos amours* |
| 317. | Charles Williams | *L'ange du foyer* |
| 318. | Pierre Rey | *L'ombre du paradis* |
| 320. | Carlene Thompson | *Ne ferme pas les yeux* |
| 321. | Georges Simenon | *Les suicidés* |
| 322. | Alexandre Dumal | *En deux temps, trois mouvements* |
| 323. | Henry Porter | *Une vie d'espion* |

| | | |
|---|---|---|
| 324. | Dan Simmons | *L'épée de Darwin* |
| 325. | Colin Thibert | *Noël au balcon* |
| 326. | Russel Greenan | *La reine d'Amérique* |
| 327. | Chuck Palahniuk | *Survivant* |
| 328. | Jean-Bernard Pouy | *Les roubignoles du destin* |
| 329. | Otto Friedrich | *Le concasseur* |
| 330. | François Muratet | *Le Pied-Rouge* |
| 331. | Ridley Pearson | *Meurtres à grande vitesse* |
| 332. | Gunnar Staalesen | *Le loup dans la bergerie* |
| 333. | James Crumley | *La contrée finale* |
| 334. | Matti Y. Joensuu | *Harjunpää et les lois de l'amour* |
| 335. | Sophie Loubière | *Dernier parking avant la plage* |
| 336. | Alessandro Perissinotto | *La chanson de Colombano* |
| 337. | Christian Roux | *Braquages* |
| 338. | Gunnar Staalesen | *Pour le meilleur et pour le pire* |
| 339. | Georges Simenon | *Le fils Cardinaud* |
| 340. | Tonino Benacquista | *Quatre romans noirs* |
| 341. | Richard Matheson | *Les seins de glace* |
| 342. | Daniel Berkowicz | *La dernière peut-être* |
| 343. | Georges Simenon | *Le blanc à lunettes* |
| 344. | Graham Hurley | *Disparu en mer* |
| 345. | Bernard Mathieu | *Zé* |
| 346. | Ian Rankin | *Le jardin des pendus* |
| 347. | John Farris | *Furie* |
| 348. | Carlene Thompson | *Depuis que tu es partie* |
| 349. | Luna Satie | *À la recherche de Rita Kemper* |
| 350. | Kem Nunn | *La reine de Pomona* |
| 351. | Chester Himes | *Dare-dare* |
| 352. | Joe R. Lansdale | *L'arbre à bouteilles* |
| 353. | Peppe Ferrandino | *Le respect* |
| 354. | Davis Grubb | *La nuit du chasseur* |
| 355. | Georges Simenon | *Les Pitard* |
| 356. | Donald Goines | *L'accro* |
| 357. | Colin Bateman | *La bicyclette de la violence* |
| 358. | Staffan Westerlund | *L'institut de recherches* |
| 359. | Matilde Asensi | *Iacobus* |
| 360. | Henry Porter | *Nom de code : Axiom Day* |
| 361. | Colin Thibert | *Royal Cambouis* |
| 362. | Gunnar Staalesen | *La Belle dormit cent ans* |
| 363. | Don Winslow | *À contre-courant du Grand Toboggan* |

| | | |
|---|---|---|
| 364. | Joe R. Lansdale | *Bad Chili* |
| 365. | Christopher Moore | *Un blues de coyote* |
| 366. | Jo Nesbø | *L'homme chauve-souris* |
| 367. | Jean-Bernard Pouy | *H4Blues* |
| 368. | Arkadi et Gueorgui Vaïner | *L'Évangile du bourreau* |
| 369. | Staffan Westerlund | *Chant pour Jenny* |
| 370. | Chuck Palahniuk | *Choke* |
| 371. | Dan Simmons | *Revanche* |
| 372. | Charles Williams | *La mare aux diams* |
| 373. | Don Winslow | *Au plus bas des Hautes Solitudes* |
| 374. | Lalie Walker | *Pour toutes les fois* |
| 375. | Didier Daeninckx | *La route du Rom* |
| 376. | Yasmina Khadra | *La part du mort* |
| 377. | Boston Teran | *Satan dans le désert* |
| 378. | Giorgio Todde | *L'état des âmes* |
| 379. | Patrick Pécherot | *Tiuraï* |
| 380. | Henri Joseph | *Le paradis des dinosaures* |
| 381. | Jean-Bernard Pouy | *La chasse au tatou dans la pampa argentine* |
| 382. | Jean-Patrick Manchette | *La Princesse du sang* |
| 383. | Dashiell Hammett | *L'introuvable* |
| 384. | Georges Simenon | *Touriste de bananes* |
| 385. | Georges Simenon | *Les noces de Poitiers* |
| 386. | Carlene Thompson | *Présumée coupable* |
| 387. | John Farris | *Terreur* |
| 388. | Manchette-Bastid | *Laissez bronzer les cadavres !* |
| 389. | Graham Hurley | *Coups sur coups* |
| 390. | Thierry Jonquet | *Comedia* |
| 391. | George P. Pelecanos | *Le chien qui vendait des chaussures* |
| 392. | Ian Rankin | *La mort dans l'âme* |
| 393. | Ken Bruen | *R&B. Le gros coup* |
| 394. | Philip McLaren | *Tueur d'aborigènes* |
| 395. | Eddie Little | *Encore un jour au paradis* |
| 396. | Jean Amila | *Jusqu'à plus soif* |
| 397. | Georges Simenon | *L'évadé* |
| 398. | Georges Simenon | *Les sept minutes* |
| 399. | Leif Davidsen | *La femme de Bratislava* |
| 400. | Batya Gour | *Meurtre sur la route de Bethléem* |
| 401. | Lamaison-Sophocle | *Œdipe roi* |

| | | |
|---|---|---|
| 402. | Chantal Pelletier | *Éros et Thalasso* |
| 403. | Didier Daeninckx | *Je tue il...* |
| 404. | Thierry Jonquet | *Du passé faisons table rase* |
| 405. | Patrick Pécherot | *Les brouillards de la Butte* |
| 406. | Romain Slocombe | *Un été japonais* |
| 407. | Joe R. Lansdale | *Les marécages* |
| 408. | William Lashner | *Vice de forme* |
| 409. | Gunnar Staalesen | *La femme dans le frigo* |
| 410. | Franz-Olivier Giesbert | *L'abatteur* |
| 411. | James Crumley | *Le dernier baiser* |
| 412. | Chuck Palahniuk | *Berceuse* |
| 413. | Christine Adamo | *Requiem pour un poisson* |
| 414. | James Crumley | *Fausse piste* |
| 415. | Cesare Battisti | *Les habits d'ombre* |
| 416. | Cesare Battisti | *Buena onda* |
| 417. | Ken Bruen | *Delirium tremens* |
| 418. | Jo Nesbø | *Les cafards* |
| 419. | Batya Gour | *Meurtre au Kibboutz* |
| 420. | Jean-Claude Izzo | *La trilogie Fabio Montale* |
| 421. | Douglas Kennedy | *Cul-de-sac* |
| 422. | Franco Mimmi | *Notre agent en Judée* |
| 423. | Caryl Férey | *Plutôt crever* |
| 424. | Carlene Thompson | *Si elle devait mourir* |
| 425. | Laurent Martin | *L'ivresse des dieux* |
| 426. | Georges Simenon | *Quartier nègre* |
| 427. | Jean Vautrin | *À bulletins rouges* |
| 428. | René Fregni | *Lettre à mes tueurs* |
| 429. | Lalie Walker | *Portées disparues* |
| 430. | John Farris | *Pouvoir* |
| 431. | Graham Hurley | *Les anges brisés de Somerstown* |
| 432. | Christopher Moore | *Le lézard lubrique de Melancholy Cove* |
| 433. | Dan Simmons | *Une balle dans la tête* |
| 434. | Franz Bartelt | *Le jardin du Bossu* |
| 435. | Reiner Sowa | *L'ombre de la Napola* |
| 436. | Giorgio Todde | *La peur et la chair* |
| 437. | Boston Teran | *Discovery Bay* |
| 438. | Bernhard Schlink | *Le nœud gordien* |
| 439. | Joseph Bialot | *Route Story* |
| 440. | Martina Cole | *Sans visage* |
| 441. | Thomas Sanchez | *American Zazou* |

| | | |
|---|---|---|
| 442. | Georges Simenon | *Les clients d'Avrenos* |
| 443. | Georges Simenon | *La maison des sept jeunes filles* |
| 444. | J.-P. Manchette & B.-J. Sussman | *L'homme au boulet rouge* |
| 445. | Gerald Petievich | *La sentinelle* |
| 446. | Didier Daeninckx | *Nazis dans le métro* |
| 447. | Batya Gour | *Le meurtre du samedi matin* |
| 448. | Gunnar Staalesen | *La nuit, tous les loups sont gris* |
| 449. | Matilde Asensi | *Le salon d'ambre* |
| 450. | Jo Nesbø | *Rouge-gorge* |
| 451. | Olen Steinhauer | *Cher camarade* |
| 452. | Pete Dexter | *Deadwood* |
| 454. | Keith Ablow | *Psychopathe* |
| 455. | Batya Gour | *Meurtre à l'université* |
| 456. | Adrian McKinty | *À l'automne, je serai peut-être mort* |
| 457. | Chuck Palahniuk | *Monstres invisibles* |
| 458. | Bernard Mathieu | *Otelo* |
| 459. | James Crumley | *Folie douce* |
| 460. | Henry Porter | *Empire State* |
| 461. | James Hadley Chase | *Pas d'orchidées pour Miss Blandish* |
| 462. | James Hadley Chase | *La chair de l'orchidée* |
| 463. | James Hadley Chase | *Eva* |
| 464. | Arkadi et Gueorgui Vaïner | *38, rue Petrovka* |
| 465. | Ken Bruen | *Toxic Blues* |
| 466. | Larry Beinhart | *Le bibliothécaire* |
| 467. | Caryl Férey | *La jambe gauche de Joe Strummer* |
| 468. | Jim Thompson | *Deuil dans le coton* |
| 469. | Jim Thompson | *Monsieur Zéro* |
| 470. | Jim Thompson | *Éliminatoires* |
| 471. | Jim Thompson | *Un chouette petit lot* |
| 472. | Lalie Walker | *N'oublie pas* |
| 473. | Joe R. Lansdale | *Juillet de sang* |
| 474. | Batya Gour | *Meurtre au Philharmonique* |
| 475. | Carlene Thompson | *Les secrets sont éternels* |
| 476. | Harry Crews | *Le Roi du K.O.* |
| 477. | Georges Simenon | *Malempin* |
| 478. | Georges Simenon | *Les rescapés du Télémaque* |

*Composition Nord Compo*
*Impression Novoprint*
*le 22 décembre 2007*
*Dépôt légal : décembre 2007*
*1^er^ dépôt légal dans la collection: avril 2004*

ISBN 978-2-07-031279-5/Imprimé en Espagne.

157556